牛津道上的孩子

譚福基　著

譚福基

牛津道上的孩子
——詩人譚福基一生足跡

福基由童年到少年時代都住在
亞皆老街和廣東道交界，一幢四層高房子的
二樓。父母親經營的攤檔就在樓下。

一九六一年入讀英華書院中一。
當時校舍設在弼街望覺堂。

英華書院在一九六三年搬到九龍塘。
儉學的福基上學一定會用走路的。 由洗衣街
橫過太子道經過花墟、基堤道轉入界限街，之後
走上微斜的何東道便是牛津道。一路上也算
目不暇給。

福基在牛津道 1B 度過了由萌芽到脫穎而出
的五個年頭，也在那裏開始寫作。

繡虎不忘聲切切
福基在老師悉心指導下十六七歲已
通詩詞歌賦了。

雕龍羞奈步遲遲
福基香港大學畢業後執教鞭
至任校長榮休。之後自覺修學讀書不夠，
每晚都看書至深夜，以求補足。

《蝴蝶一生花裏》
福基的故事式文學評析作品。
析句尋典訴說南宋詞人姜夔一生，
為學白石詞者必讀之作。

文字/插畫：梁國驊

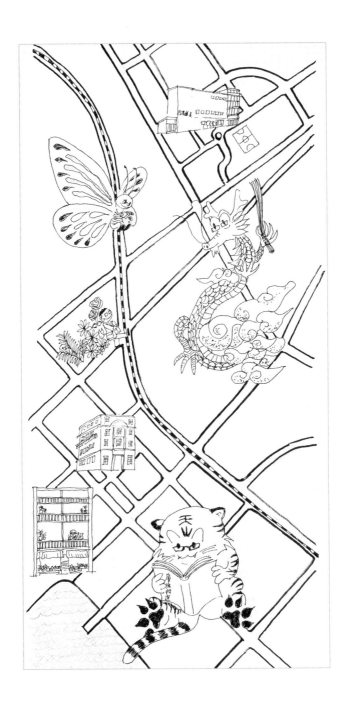

目錄

序
牛津道上少年心

陸健鴻

「日暮北風吹雨去，數峰清瘦出雲來。」少年情事，五十多年前的青衿歲月，早已煙銷雲散，星星零碎隱入了意識和記憶的背後。時間如雨霧，遮掩了嶙峋的心緒和歲月。福基故去，朋友整理他的作品，長期塵封的文字頓時如勁風吹來，讓青澀的往事徐徐醒轉。我讀着集中各篇——那些大部分都是青年期的低唱和歎息——如舊地重遊，如見故人。像鮭魚嗅着水的體香，回游到出生的水鄉，我摸捏着文中的蒼茫，恣意地感受昔日心靈的搖盪。

＊　　＊　　＊

是甚麼的少年情事？是煩惱，苦悶，愁來無方，起伏的心潮；是希望能給世界做點甚麼時發覺個人無能為力的頹喪。他這樣說：

「我們這個年齡是很煩惱的。」

「我們已經生活夠了，我開始厭倦一切，做甚麼也提不起勁來。」

「幾日來都是悶悶的，仿似無所適從，愁來無方，我想煩惱都是來於不自量力。『憐我世人，憂患實多』，只是我們都無

xi

能為力。」

* * *

這些負面的心情，大概源於升學考試的壓力、父母的殷切期望、青春期體內的賀爾蒙在躁動、對生命和世界開始了解。但另一重要的因素是對國家民族憂心忡忡。我們心智啓蒙時，正值「十年浩劫」開始，共工蠻撞，骨肉相殘，舉國互攻；禮樂崩壞，乾坤失位，神州板蕩。香港后海灣浮着五花大綁的屍體，市區「土製菠蘿」遍地開花。國人不顧生命危險，抱着籃球黑夜裏浮海逃到香港，香港人則大舉移民去西方。內戰時開始的花果飄零——族人的、文化的——也使人傷心嗟嘆。到了一九九〇年，福基讀了同學陶永強一篇文章而感觸：「一縷笛聲，訴盡凡世的紅塵驚眼，帶一族辭根零落的炎黃子孫，蓬轉於太平洋的彼岸或此岸，且任風飆雲蕩。我們都是怕弦的小鳥，敝弱的心靈，已難顧遍地的啼痕！」

* * *

不僅是這樣大規模的動蕩，即使一些小事情，例如去了加拿大升學的永強在學校早會奏起加拿大國歌，眼看着加國同學嚴肅端立時心中滿不是味兒，或是母校百五十年紀念會結束，學校的絃樂隊奏起《天祐我王》，觀衆蕭立，送幾個英國人步出禮堂都會令他心中抽痛。

* * *

更難堪的是，面對這一切，個人只能空悲切，情緒低落時，只好沉思反省：「祖國，祖國，我能為你做甚麼？」

＊　　＊　　＊

悲憤和無奈，是幾個朋友都有的。最低壓時，他們甚至恨不「早生數十年，使我們在革命的洪流中粉身碎骨，或晚生數十年，分享一個民主重建後國家的奮發向上精神」。

＊　　＊　　＊

在低谷時，他借用了姜夔的名句自我質問：「年年知為誰生？」我活着，為了甚麼？

＊　　＊　　＊

厄困如此，福基卻沒有哭窮途，沒有泥陷於絕望。他最後從陳耀南老師多年來的訓誨和堅守，在風雨飄搖的黑夜裏找出人生的方向。陳老師不遺餘力，多方栽培扶植，務要提升我們中文科的水平，目標固然是在升學試中顯身手，創佳績，更重要的是藉此培育大批國學高手，將來報效國家。這抱負和決心，與上個世紀五十年代南來的錢穆、唐君毅以及其他大儒篳路藍縷，創辦書院的宗旨可說是一脈相承的。一九六八年十一月，母校英華書院舉行建校一百五十周年紀念會。會後由師弟輩向福基轉述陳老師在一次中文競賽活動中所說的勉勵話，概括了陳老師的信念。陳老師說：「中國文化面臨着前所未有的浩劫。如果我們有朝一日可以參加重建祖國的話，我們極需要

一批對國學有深厚認識的年青人，將祖國的文化傳給我們的後人。中國文化，絕不能在我們這一代而絕！」是以守護和承傳祖國文化成了福基的使命，生命有了方向，以前的煩惱困惑都不過是夏日的驟雨。而每當感到風雨如晦，對民族的前途產生疑問時，他以神話裏堅毅不屈、毫不退縮的治水英雄自我激勵：「鯀、禹、女媧的血液雖經千年萬載，仍然在我們的體內流淌，中華民族可不會永遠畏縮逃跑！所以，我確信，當世易時移，此際寄身海外的一眾遊子，將化成無數堅毅的小精衛，銜微木以填滄海，在天地間鋪出一條康莊大道，通向繁盛昌大的祖國！」

＊　　＊　　＊

　　找到賴以安身立命的楹柱，福基不再因困頓而迷惘。上大學毅然投進冷門的中文系，畢業後步陳老師的足跡，獻身教育，任中文科教師、科主任以至校長，春風化雨，繼往開來，一定也啟發了——像陳老師於他那樣——為數不少的、以生命激盪生命，誓要終生守護、傳揚中華文化的繼來者。

＊　　＊　　＊

　　上面提到的那些苦悶、煩惱呢，實際上也不是揮之不去的。我們下課後得校長准許留下溫習，很多時讀的頭昏腦脹，便到操場去打打籃球，或拿出書本來朗讀。那些必修必考的課目，原來不少是有助於消憂解悶的，例如鍾嶸的《詩品》序：

　　若乃春風春鳥，秋月秋蟬，夏雲暑雨，冬月祁寒，斯四候感諸詩者也。嘉會寄詩以親，離群托詩以怨，至於楚臣去國，漢妾離宮，或骨橫遍野，魂逐飛蓬⋯⋯

駢麗流亮，節奏跌宕，大聲朗讀，不期然的便搖頭擺腦，手舞足蹈，旁若無人。跟着打開 *King Lear*，翻出幾節盛怒中的李爾王多次向眾神的祈求：

> Blow, winds, and crack your cheeks! rage, blow!
>
> You cataracts and hurricanes, spout,
>
> Till you have drench'd our steeples, drown'd the cocks
>
> You sulfurous and thought-executing fires,
>
> Vaunt couriers to oak-cleaving thunderbolts,
>
> Singe my white head, And thou, all-shaking thunders,
>
> Smite flat the thick rotundity o' the world
>
> Crack nature's moulds, all germans spill at once,
>
> That make ungrateful man!
>
> ⋯⋯

唸着唸着，自然的拍打着書桌，慷慨多氣，歇斯底里的向空處叫喧，一腔烏氣便衝口而出，化為烏有，散入無何有之鄉。再不然祭出 T.S. Eliot 的 *Hollow Men*：

We are the hollow men
We are the stuffed men
Leaning together
Headpiece filled with straw. Alas!
Our dried voices, when
We whisper together
Are quiet and meaningless
As wind in dry grass
Or rats' feet over broken glass
In our dry cellar

跟着唸下去，彷彿自己真的是空洞人，滿足了空虛呀虛無呀的虛
妄，到了唸完幾行結句，對世界的怨怒便一掃而空，不亦樂乎！

This is the way the world ends
　　This is the way the world ends
This is the way the world ends
　　Not with a bang but a whimper

＊　　＊　　＊

　　就連每天半小時的課前崇拜，對我們這群非基督徒來說，
也逐漸變得不那麼悶，天天都唱的聖詩，音樂和字句不少都直
訴心靈，感召頑魯。課後溫習時，偶爾便有人哼唱，既紓鬱
悶，又寧神志。詩歌名早忘了，但片段歌詞和音樂縈繞，終生
受用。基督教傳遍天下，聖詩居功至偉。

＊　　＊　　＊

即使那時視為重壓的家課，也能驅悶。大學預科高年級那個聖誕假期，老師指定要撰文六篇，另附序文，結為集子，給它起一個響亮的名字，假期完了復課時繳交。接到這鐵令，心中叫苦，想這個假期沒了！捱了幾個通宵，嘔心瀝血地把滿肚子的苦悶煩惱都往紙裏塞，完了腦海一片空白，恍恍惚惚，靈魂好像離開了臭皮囊，哪裏還有甚麼閒愁枯悶！當時沒有想過，苦的是陳老師，他有一百二、三十篇滿是苦水的雜文要看，每本集子還要寫鼓勵的評語。福基可好了，他那些文章成了現成的稿費。當年各人集子的名字，今日老師還能拿出來，可見他對學生的作業珍而重之。

＊　　＊　　＊

福基和我同學七年。初中三年，我們都「視爾夢夢」。由於唸小學時中文授課，他和我英語根柢先天不足，所以三年上課，除了中文中史外，是混混耗耗過的。這時期福基印象最深的是那位聲若洪鐘、講課時英語噴薄而出的物理老師，我們戲稱他 Bunsen Burner。我另外記得一位國文老師匆匆講完一節課後，連續幾天講故事般報道當時轟動一時的三狼案。老師講的眉飛色舞，繪形繪聲，學生則安坐書桌，各自自由活動。三年中最振奮的是新校舍興建。一九六二年深秋開始，我們幾個同學下課後到學校附近的小店租了單車，拐上太子道，朝九龍塘奔去。那時太子道寬闊寧靜，車蹤稀少，道旁又有巴士停站專

用道，所以我們放心奔馳。第一次那個下午，天色晦暗，天遠雲低，我們卻帶着遠征的豪氣，直放牛津道。看着新校舍日漸成形，興奮不已。這每星期一次的「遠征」，是那三年莽昧裏的「亮點」。

＊　　＊　　＊

高中四年兩人同班，我們變得稔熟，我知道他醉心寫作，但到了中六，才發現他早已在《中國學生周報》發表文章。他後來氣定神閒，不徐不疾，令人安心的講話風格，在這段時間後期已具雛形。見諸文章，抒情內斂而感動，感慨多端而有節；議論從容説服，寬厚誠摯。

＊　　＊　　＊

高中時期對我們的學習影響最大功勞最高的，除了陳耀南老師、艾禮士校長外，還有戴葆銓先生。他教高年級，同學對他又敬又畏，視他為冷面嚴師。他是我們中五班主任，以幾個月的時間，大大整頓了我們英語能力，使我們順利通過時稱中學會考的公開試。但我印象最深的是另一件事。他同時教中國近代史，充滿民族恥辱的痛史。有一節課教的是湖廣總督林則徐向朝廷上書大力支持禁鴉片。老師介紹了奏摺後，突然兩手扣在背後，低着頭，在黑板前來回走着，字正腔圓，抑揚頓挫地背誦：

> 煙不禁，國日貧，民日弱，數十年後，豈唯無可籌之餉，抑且無可用之兵。

戴老師是哈佛人（據説是拿庚子賠款獎學金的），平日上課，挺直的個子，穿灰色三件頭西裝配黑亮皮鞋，授課全用英語，從未聽他説過半個中文字。此刻先生竟然用粵語鏗鏘地吟誦，短短幾句，聽者黯然。我們滿臉驚愕，曾不知老師有多深沉的悲痛。

※　　※　　※

集子裏收的，還有好幾篇讀書報告和寫給業師陳耀南的八帖信札。讀書報告有兩篇分別介紹歐洲文藝復興早期兩本諷刺小説：伊拉斯莫斯的《愚蠢的讚歌》和摩爾的《烏托邦》，是作者對人類社會的愚昧和制度的探索，因而也許同時是對祖國未來的探索。文中有些有感而發的評語，發人深省。

※　　※　　※

致陳老師的書函，用古人尺牘格式書寫，稱謂署押，問候祝頌，無不恭執弟子禮。通篇古文，不加標點符號，分享的，除了讀書發見外，還有自己寫的古詩（大部分是律詩）和替他所服務的機構撰寫的楹聯，而孺慕及感激之情，溢於言表。他感謝「吾師壯歲（助我）奠基之勤，如在目前」，又説「捧讀《福音對聯》，時加研鑽揣摩老師作聯心法」。老師在中六時教了古體詩和格律詩的作法；古文尺牘，也可以説是早年奠的基，至於後來對國學精博的追隨，數十年後填詞、對聯，都是老師無聲潤物、薰陶的流風餘澤。福基的詩詞多有宋人意味，楹聯典雅，恢弘有度，尺素直追古人，想老師一定甚感欣慰，高興之餘，還有次韻哩。

*　　*　　*

　　日暮時翻着近一個甲子前的青春，臨風神遊，掩卷低迴，故友如在，心中感覺説不出的親切。鳥來鳥去，人歌人哭，那起伏的、年輕的激情，早已沉澱了。時間啊使人失憶，時間温柔的大手，把一切撫平，美好的、不太美好的。

*　　*　　*

　　後記：福基辭世，將屆周年。 謹託序文，今古追憶。

二〇二二年四月五日 壬寅年清明

* 陸健鴻是詩人，《詩風》推手，著有現代詩集《天機》。

一九三二年重獲政府補助。弼街校舍北面（正門）和東面。
（相片提供：英華書院）

一九六二年六月十日牛津道校舍奠基典禮
（相片提供：英華書院）

懸掛於弼街校舍正門的招牌
（相片提供：英華書院）

第一章

匣藏母愛

導讀

黃秀蓮

母愛，最能鑄造孩子的成就。

母愛，往往藏於細節。

一個在旺角唐樓長大的孩子，一九六一年應考升中試，獲派往牛津道上的英華書院（中一二在旺角弼街上課，中三牛津道新校舍落成）。英華的教育春風一樣，不止把孩子送入最高學府——香港大學，還成就了孩子的寫作夢。

慈母在二〇一七年去世，孩子也病了好幾個月，待得收拾亡母遺物之時，無意中打開匣子，一看，呆了，剎那間淚水盈眶，潸潸然不能自已。原來匣子之內藏了兩張證件——一張是小六升中試合格證，另一張是派往英華的入學書，竟保存得完好如新。啊，母親竟把殷殷期盼，悄悄收藏在匣子裏五十七年。

滿匣春暉，映照了孩子一生。

母愛，竟可以把孩子也忘記了的證件，這轉捩了一生的證件，暗裏珍藏，靜中盼望，天長地久，牢牢守護。

這孩子自幼就愛思考「我從何而來？我為何而生，我

為甚麼一定有這付樣子,這些際遇?」想多了,不免驚惶,「在我童年時偶爾想起這些便驚悸得要哭起來,直到躲進母親的懷抱裏才覺得心安」(〈會考故事〉,一九六八年)。母親愛兒,細緻而含蓄;母親課兒,情深而寄遠。原來是秀才的女兒,怪不得那麼秀逸不凡,那麼珍重一縷書香了。孩子在「篆煙氤氳繚繞」裏把慈顏端詳,只覺「疑真疑幻,母親臉上那孺慕虔誠的神情,我一時間也看不真切」。(〈穗城秋月〉,二〇二〇年)儘管撫育六個孩子,勞碌於旺角攤檔,更窮苦了半生,瓜子臉且美人尖的母親,到了晚年依然文文秀秀,文秀如她愛兒課兒的方式。

「母兮鞠我……長我育我,顧我復我,出入腹我。」(《詩經‧蓼莪》)孩子在母親祝福下穩步踏入牛津道上,如切如磋,如琢如磨。

孩子在母訓在校訓中,不捨晝夜,終於砥礪成才,實踐了寫作這終身志業。他正是這本書的主角——詩人譚福基。

憶母

去年母病不起，秋間葬於山，值秋風秋雨，感風寒，咳三月。檢遺物，發一盒，內有一九六一年小六升中試合格證及派往英華入學書，予已不復憶，唯母珍之藏之，五十七年舊物，尚如新，覽之淚下。家藏無以為寶，唯學以為寶，此母訓也。作憶母詩：

換血神方未可尋
夜堂庸鼓動哀音
新墳尚愜兒孫意
舊盒深藏母氏心
但恐長貧遲問學
劇憐窄路轉嚴森
經年不稱庭幃望
臨穴秋風雨淚侵

* 二〇一八年六月十一日，Facebook。

HONG KONG EDUCATION DEPARTMENT

香　港　教　育　司　署

JOINT PRIMARY 6 EXAMINATION CERTIFICATE

小　學　六　年　級　會　考　証　書

This is to certify that

TAM　FOOK　KEE

of TUNG WAH HOSP. Kowloon No. 1 A. M. *School*

has completed a 6-year Primary Course and has
reached a satisfactory standard in the following
subjects in the Joint Primary 6 Examination
conducted by the Education Department:

General Subjects

Chinese

Arithmetic

English

Date. 1st September, 196 1　　*p. Director of Education*

常　中　算　英
識　文　術　文

兹
証
明
學
生
譚
福
基
在

學
校
小
學
六
年
級
修
業
期
滿
並
經
參
加
教
育
司
署
舉
辦
之
小
學
六
年
級
會
考
下
列
各
科
成
績
合
格

譚福基一九六一年小六會考合格，獲派英華書院。
慈母把轉捩了孩子一生的證件靜中收藏，五十七年後保存如新。

一九四五年八月香港重光，十一月一日復課。
數年間設計出校訓、校徽和校服。
懸掛於弼街何進善堂的石膏校徽（相片提供：英華書院）

懸掛於牛津道鈕寶璐堂的木校徽（相片提供：英華書院）

第二章

清新俊逸　初露頭角

——《中國學生周報》見崢嶸

導讀

　　十七歲，寂寞的十七歲。這孩子十七歲了，英華中五生，早已不是旺角街童，已然文藝青年了。善感的心靈，多情的本性，深廣的閱讀，早熟的文思，醞釀了許多靈感，一管筆開始躍動，文章一篇一篇投到《中國學生周報》。遙想《中國學生周報》當年，郁郁乎文，苗圃青青，一時間多少新秀。文章一經刊載，亮在當眼處，於學校於個人，都是光榮。

　　且看他寫上學——「我愛早晨。從前習慣早早的就起來了，伏在窗前看一天的疏星殘月，默默的吸一腦子涼涼的曉風……我愛聽風動樹葉底沙沙的聲音。慢慢的踱着，樹不時飄下幾點黃穗。」（〈英華男校〉，一九六六年）寫午間到九龍城吃飯——「樹葉拂面，輕悄的，又很溫柔，面上彷彿留下了葉的溫馨……也不用抬起頭來，只是平平的望，便看見那多迷人的 patch of blue，幾朵雲悠閑的貼着樹梢，一齊在房屋的頭上。」（〈綠之旅〉，一九六七年）寫學校球場——「看着每一個身體在轉，看着每一張淌汗的臉……和朋友們在小息時追逐，下課後又挾着籃球飛跑進球

場。」（〈英華男校〉）寫考試——「這是體力勞動和記憶能力的測驗……我對自己說，我要考好這個試，我不要令他們失望……而我知道，我沒有投降的自由；當我醒來的時候，我還要掙扎，因為，人在人與人之間，又怎能揮灑自如，遺世而獨清？」（〈會考故事〉，一九六八年）

他以「葉鳳溪」為筆名，其作品刊英華學生文集，又名「清溪集」，兩度用「溪」字，似非偶然，好像已自覺到風格傾向於委婉舒徐，輕柔若夢，恰似小溪潺湲。

可是，溪水偶爾激揚，一聲清剛，破空而來，那麼，「漢基」這筆名便用上了。西方思潮相當吸引這不甘坐井的孩子，乃有對湯瑪士·摩爾（Thomas More）與依拉斯莫斯（Desiderius Erasmus）的探討分析。最豪情是《異域》讀後而寫的〈傷心極處且高歌，不灑男兒淚〉，真是動人心魄。

六十年代的香港人生活簡樸，孩子從廣東道那朝西的唐樓出發，步行往牛津道上學去。長長的漫漫的求學路，一路晨光，滿眼風景，呼朋結伴，快活極了。

路，孩子終於走完。他筆下那道清溪，隔了五十多年，依然汩汩流着，淌在心間。天光映照，雲影徘徊，清流激艷，淙淙有情。讀者乍見跳脫輕盈，也許青睞；窺見嫵媚多姿，或許傾心；驚見傲骨凌霜，興許佩服。

寫得滿紙淋漓者，不過是一個十幾歲的孩子。

人生短暫，文學永恆。活水長流，清溪不絕。

英華男校

（筆名）葉鳳溪

六月的夏日一天底藍，淡哀的藍色。

我愛早晨。從前習慣早早的就起來了，伏在窗前看一天的疏星殘月，默默的吸一腦子涼涼的曉風。今兒也是早早的就起來，伏在窗前的時候，每每便讓癡想的翅膀起飛。——會考之後該是狂放的歡愉罷？——五月之前的我這樣打主意。然而會考之後並沒有狂放的歡愉，六月只給了我一份茫茫然，一份無可奈何。

太子道很闊很長，有些地方兩旁都種了樹。多少個早晨，我踏上從樹下經過的柏油路回校。默默的數，默默的算，大約有三年了，三年的歲月一眨眼便不知去的多遠。

此刻又踏過了從葉影裏篩落的陽光。我愛樹，我愛從樹下經過，我愛看樹綠的樣子，我愛聽風動樹葉底沙沙的聲音。慢慢的踱着，樹不時飄下幾點黃穗。六月的樹葉青青。於是，便憶起了十一月底地上的黃葉。

於是，我看到聖德勒撒教堂。

約瑟靜靜的站着，聖嬰坐在他的肩頭。約瑟雙眼堅定的望着前方，約瑟緊閉着咀，約瑟皺着面，約瑟一面的苦相。

約瑟寂寞嗎？因為瑪利亞不愛他？

不，我想，約瑟不悶，他有瑪利亞，他有聖嬰！

於是告別約瑟，聖嬰像咧開咀在笑。

路在斜坡。瑪利諾的深院沒有寂寞梧桐，向東的紅牆泛起了一層金色。和煦的風吹來，一旁的修竹輕輕的動。地上有幾隻鳥兒，見人來，就飛走了。

靜靜的牛津道在陽光下，沒有人。校裏的操場也沒有人。我默默倚在棕色的鐵欄，凝視着，對面二樓一列中五中六的班房黑沉沉的；三樓四樓五樓有燈光，我看見風扇在轉，微風偶然送來了隱約的誦書聲。

慢慢的想，我像變了小孩。彷彿間，我進了四樓的中三班房，然後是三樓的中四班房，然後是二樓的中五班房……。畢業啦！我啞然而笑。我算長大了嗎？然而我惘然了。

也不知是多久，是一陣鈴聲拉了我的靈魂兒回來。人從每個房裏出來。人塞滿了操場。小孩子們點兵，捉迷藏，踢膠波；大孩子們跳躍在籃球架下。看着每一個身體在轉，看着每一張淌汗的臉，逝去的時光像一下子倒轉了回來。就記起了和朋友們在小息時追逐，下課後又挾着籃球飛跑進球場的時候。

我也曾小孩子過，我微微而笑。然而逝去的時光是逝去了，沒有人能逃避過。

又是一陣鈴聲之後，人去了，場空了，便只有我。

日頭漸漸升高，影子漸漸縮短。我問自己，能有甚麼地方去嗎？

「嗳，今天回校走走嗎？」我微一側頭，是年青的陳老師。

「喂，給我做點事情，可以嗎？」

「哈，甚麼不可以？我正悶得發慌哩！」我衷心地說。

「也沒有甚麼大不了。抄抄書罷了。過幾天抄好了便拿回來給我吧。」

於是，我挾了書，一些稿紙，默默的坐在飯堂裏。拿起書，封面上是幾個挺秀的字寫着《唐宋名家論詞》。翻着，陳老師那手好字跳進了眼簾，這一章是溫庭筠的，那一章是韋莊的，又一章是南唐二主的……。我輕輕的唸着：「後主幼習風流，未知憂患，其詞多吟弄風月，詩酒唱酬之作。及後國破家亡，倉皇北上，又備受欺凌，後主憂傷憤懑，發而為詞，如血肉書成……。」又是幼習風流，吟弄風月，又是國破家亡，憂傷憤懑，我心裏叫，後主啊後主，你的人生多姿多采！

時間爬過，日影轉移，我一頁一頁的翻着。偶然一抖手，底頁裏跌了一張紙出來。一張紙，一首詩，我喃喃的唸着：

> 詎若靈均濟夏湘
>
> 吾邦奈有混玄黃
>
> 壅隔仲宣泣舊鄉
>
> 長安何日見鸞皇
>
> 勒碑空惹後賢愁
>
> 寒楫無人誓水流
>
> 八方風雨撼中州
>
> 依舊縉紳拜冕旒

我輕輕唸了幾遍，「長安何日見鸞皇」……「長安……」，且

接下了那一份淡淡的憂鬱。「依舊縉紳拜冕旒」，真的這樣樂觀嗎？我惘然。

　　走出來，風又來了，竹影搖搖。慢慢的踱着，偶一回頭，獅子山靜靜的躺着，很靜很靜。

　　而獅子山後有雲。

＊《中國學生周報》，第七三四期，中華民國五十五年（一九六六年）八月十二日。

（編者按：譚福基作品刊登於《中國學生周報》，這是第二篇，時年十七，於英華書院讀中五。第一篇〈葬〉寫於一九六五年，本書未有收錄。）

校董會歐炳光主席主持奠基儀式（相片提供：英華書院）

一九六三年十月四日，港督柏立基為牛津道校舍揭幕，
並在嘉賓名冊簽名留念。（相片提供：英華書院）

牛津道校舍首天上課日照（相片提供：英華書院）

牛津道校舍（相片提供：英華書院）

心影・故園

（筆名）葉鳳溪

《心影集》

秋貞理著

高原出版社

港幣一元八角

　　秋貞理出過了兩本散文集，就是《北國的春天》和《心影集》了。作者本人以為《北國的春天》多粗獷豪放的馳騁，而《心影集》則漸趨冷靜細緻的描寫。我沒有看過《北國的春天》，但《心影集》卻當真是冷靜細緻，而且滲透了中國讀書人式的典雅，這和時下很多作家不多不少的雜有一點兒洋氣的完全不同。文貴乎情，情貴乎真，《心影集》的文字誠摯、樸實、熱情，與秋貞理以前刊在周報的文章一樣。但很可惜這兩三年不見他為周報寫稿了。

　　有描寫細緻的遊記，有心語靈喃的生活隨想，有隱含珠淚的往事回憶，這便是《心影集》。

　　本篇共收錄散文十九篇，分為三輯。第一輯是生活隨想。作者以平雅的文字，和我們說燈、窗、冬陽和秋夕。他娓娓

的道來，像老朋友再見面，窗外是中天明月，我們卻在燈下共話。在〈燈〉一文中，他有一句令我很欣賞的話：「歷史上最值得敬仰的人，絕不是那些威加四海，富有天下的蓋世英雄；而是那些默默無言，不求人知，不疾不徐，放射光亮的人。」

比較來說，我更喜歡〈我的文學興趣〉。作者十六歲到北平，五年來全家在飢餓線上掙扎，而他對文學的熱愛始終不減，還努力的找時間到圖書館去。這故事在我這個十幾歲的孩子讀來，是倍感親切了。

第二輯收有日本遊記七篇，大嶼山遊記一篇，和〈萬里飄流記〉。說的是日本，寫的是日本，作者看秋山紅葉，到日光踏雪，卻處處聯想到祖國的錦繡山河，關懷着同胞的民生疾苦。幾篇遊記都很細緻，而我以為寫得最好的是〈萬里飄流記〉了。時維一九四九年神州陸沉前夕，作者和幾個朋友從北平繞道西北，西南，經廣州到海外，穿行了十一個省份，全程一萬餘里。作者這樣做，是希望能多看看祖國的山河，多親近各地同胞，以寄放滿腔的深情和悲痛。最後，船離開廣州，作者凝望着夕陽殘照中的大陸河山，黯然無語。

第三輯收有三篇文章，就是〈我的母親〉、〈憶亡妹〉和〈外祖父〉。一篇感人的文章並不需要充滿了「淚」這個字眼，看完〈我的母親〉和〈憶亡妹〉之後，我沒有落淚，但卻黯然了。在〈外祖父〉一文中，作者對他那位少年離家、白手建業、老不竭息的外祖父有深刻的描寫。於是，《心影集》便在一股奮發向上、自強不息的精神裏結束了。

一篇篇的散文，給一股感情貫串起來，這是作者對祖國

的孺慕之情，熱愛之忱。作者在〈踏雪遊日光〉一文中看漫天雪影，於是神馳北國的無限雪原。他眼中的中國是有形的，有質的，有清楚的輪廓的。但我們這些生於香港的小子眼中的中國，就像一團影子，模模糊糊的，怎樣也看不清楚！

＊《中國學生周報》，第七三六期，中華民國五十五年（一九六六年）八月二十六日。

趙聰的《五四文壇點滴》

（筆名）葉鳳溪

《五四文壇點滴》

趙聰著

友聯出版社

港幣二元五角

在我國五四時期的文壇，名家既眾，作品又多；而且這期間又是中國新舊文學的交替時期，因此在歷史上實有其重要的一頁。如果有人既想知道一些五四文壇之大概情形，而又沒有時間讀那些浩如翰海的五四作品和歷史文獻之類的東西，則趙聰先生這本薄薄的《五四文壇點滴》便大派用場了。

趙聰先生的作品，我只讀過本書和《中國四大小說的研究》。這兩本書的優點是資料詳細而齊全；缺點是文章結構不嚴，有時給人一種很亂的感覺。本書的結構尤其糟糕，常常說說這，說說那，大轉圈子。不過作者已經在自序中說明這書是輯自他為「一個周刊所寫的專欄」，「因為每期一題，篇幅又短，不可能作有系統的敍述」，而他的目的，在保存真實的資料而已。

本書共收散文三十八篇，而以〈陳獨秀與新青年〉揭其序

幕。陳獨秀在民國四年秋於上海創辦《青年雜誌》。後來陳入北大為文科學長，改《青年雜誌》為《新青年》，又辦了每週評論；北大學生出版新潮，新文學運動由是倡起。其後是胡適等與反對新文學的人如章士釗、林琴南等開筆戰；文學研究會和創造社的創立，五四文壇的京派和海派等，都論說甚詳，別饒趣味。

除此之外，作者對胡適、魯迅和徐志摩三人着墨很多。他認為胡適是白話文學的發起者，魯迅在短篇小説方面有很高的成就，而徐志摩則是中國新詩的前驅人物；他們之對於五四文壇，都有其絕大的影響。本書正面描寫胡適的文章只有〈胡適的風骨〉與〈胡適與紅樓夢〉，不過胡適實在是五四文壇的一個最重要的人物，在大部分別的文章也常常要講及他，所以説起來也不算少的了。描寫魯迅的文章則有〈關於魯迅〉、〈日記裏的魯迅〉、〈太陽和月夜〉、〈魯迅與錢玄同〉、〈魯迅與周作人〉、〈中國的高爾基〉、〈中國小説史略〉、〈阿Q正傳〉、〈許廣平回憶魯迅〉等。這幾篇文字廣泛的説到了魯迅的生平、性情、生活習慣、作品和與女學生許廣平的戀愛，這是全書之中寫得最好的地方，或許因為魯迅是趙聰最喜愛的作家的原故吧。

〈詩人徐志摩〉。詩人和陸小曼的戀愛本身就美得像一首永恒的詩。梁任公寫了一幅對聯贈給志摩：

臨流可奈清癯，第四橋邊，呼棹過環碧；
此意平生飛動，海棠花下，吹笛到天明。

詩人的心性於是表露無遺。一個活生生的徐志摩，便藏在這幅對聯之中。

最後，作者引了許地山的一段文章。於是，讀者在看完了許地山的恬適寧靜，溫文儒雅的小品後，便合上本書最後的一頁了。

＊《中國學生周報》，第七五二期，中華民國五十五年（一九六六年）十二月十六日。

綠之旅

（筆名）葉鳳溪

一個小小的斜坡，微微的突起在地平面上。

坡上疏疏的種了松樹，只是小小的松樹，幼幼的淡墨枝幹，深綠的松針。

那日無意經過，碰上這滿眼古樸的綠，不禁大喜若狂。這很可笑，而且莫名其妙。

以後，午間到九龍城吃飯，很自然的便踏上這條路了。

一叢小樹，不規則的排開來。彎起腰，穿過樹下的小徑，樹葉拂面，輕悄的，又很溫柔，面上彷彿留下了葉的溫馨。

然後便踏到草了。青青的草，又輕又軟的草，不是灰白的石路，也不是黃泥做的小徑……。

輕輕的抬起腿，又很小心的放下了，便彷彿覺得腳下有生命在蠕動，真想彎下腰來撫上一撫，感覺一下草的感覺……，忽然記起《再生緣》的盲女——

草是甚麼？

草是甚麼？多可憐！

團團的轉個圈兒，也不用抬起頭來，只是平平的望，便看見那多迷人的 patch of blue，幾朵雲悠閒的貼着樹梢，一齊在房

屋的頭上。

　　沒有高樓大廈，這只是一個空間，一個很大很大的空間。

　　這時候，我才能夠看到很遠很遠；這時候，我才很高興的對自己說：

　　「天地真大！」

＊《中國學生周報》，第七六〇期，中華民國五十六年（一九六七年）二月十日。

河漢清且淺

(一) 老人的話

忘不了童年。

忘不了涼如水的秋夜，和那織滿秋意的故園。

然而，更忘不了爺爺告訴我那關於星的話！……

看見天上那顆大星嗎？孩子。

你知道嗎？孩子。我們的祖先相信：天上每一顆星，是屬於地上每一個人的。

你相信嗎？孩子。我知道你相信的。

你看見那顆大星嗎？它底清澈的光足可以和月亮爭輝。

你看見那顆暗淡的星嗎？它好像一枝在大風中的殘燭。它底光，明滅不定。

在天上，每一顆星的出現就表示在地上一個人的誕生。

於是，有些星光芒萬丈，永遠垂在天邊。

可是，有些星卻明明滅滅，一旦光芒盡失，在天空裏消失了影子。於是，若干年後，世人就會問：「這顆星是怎樣的？它真的曾經出現過嗎？」

一顆星為甚麼會有永恒的光？

一顆星為甚麼會在天空裏消失了？

我相信你懂的，孩子，我確信。

記着了，孩子，這顆星是屬於你的！

(二) 星的夢

秋夜。

在深邃的天空，一串串的繁星拱着月亮。

星月交輝，清麗的光輕灑落在遼遠的平原。

我呆坐，以寧靜的心境望着星夜沉思。

一串串的星啊，可不知你曾經縛盡了多少個青年人的心？

多少個青年人，他們呆坐，望着星夜深思。

他們對着星星傾訴心懷。他們對着星星思想，為遙遠的自己作路。

於是，以一顆顆亮星，編織了一個燦爛的夢──一個美麗的夢。

一個美麗的夢，包含了一個理想。

有一些夢化為實質，理想得到實現。

可是，有一些美麗的夢卻永遠只是一些美麗的夢。於是，若干年後，這些夢就隨着它們底主人的歸土，而化為輕煙，徐徐幻滅⋯⋯

我也有一個美麗的夢。

我不知道它的結果如何。

但我確信我的理想不移！

(三) 在天邊的一顆星

在那遙遠的天邊，有一顆星散發着清澈的光。

而這顆星離地球有五億光年。

當這顆星初誕生時，它所發出的第一線光，要在五億年後

的今天才能被世人看見。

而五億年前，地球是怎麼的一副樣子？

再假定這顆星因為某一種原因而在今天毀滅了。但這要在五億年後，它的影子才會在世人眼中消失。

可是，五億年後，地球在嗎？我在嗎？

五億年啊！多偉大無邊的宇宙！

多短促的人類生命！

一個人空手而來，從土地中得食。若干年後，又把身體歸還土地，拍手而去。

區區數十年，何其易過。

而我們所能留給世人的，只是我們的名，與及我們一生中所結的果實。

然而，多少人悄然而來，又悄然而去。他們的一切一切，不為世人所知，不為世人所覺。

世人未能確定人死後能否再轉世為人，或者是否在天國裏能尋到永恒的生命。

於是，在世上的數十年，便是我們能夠思想，能夠知覺的唯一機會。然而，世上有多少人卻把他們底可貴的生命，毫無意義地耗去了。

朋友，為虛無的生命加點東西吧！於有生命之年，做點事情。

* 一九六七年英華書院校刊。

《愚蠢的讚歌》

（筆名）漢基

　　依拉斯莫斯（Desiderius Erasmus, 1466-1536），是一位十六世紀著名的荷蘭籍人文主義學者，又是歐洲文藝復興運動的前衛健將之一。他被稱為十六世紀的伏爾泰（Voltaire），對當代思想起了很大的作用。他所寫的作品浩如煙海，不過大都晦澀難明；而且隨歲月的消逝，到現在幾乎已經全部湮滅無聞了。現存伊拉斯莫斯的作品，便只這部本文略作介紹的《愚蠢的讚歌》（Encomium Moriae）。

　　《愚蠢的讚歌》出版於一五一一年，立即名重一時，被稱為當代文壇光華四射的諷刺作品。正如美國歷史學家史密夫先生說的，這本書是一項機靈的訓誡，誠實的諷刺，及含有道德意味的笑話。對於寫這本書的動機，伊拉斯莫斯曾作了一個很詳細的解釋。在作者的眼中，人類所堅持要作的都是瘋狂和無理性的行為。由崇高的教王到巷里的教士，由富人到乞丐，由衣飾華麗的貴婦到粗服亂頭的娼妓，全世界的人類都硬起心腸，摒棄了天賦神授的思想能力，卻甘心讓貪婪、虛榮、無知等等行為牽着鼻子走。而既然人類都是這樣，為甚麼還有一些睿智之士，無端浪費他們的時間和精力去改變人類愛逸惡勞的習

27

慣，和強迫他們接受他們不願接受的事？作者說：「讓他們沉迷
於這些愚蠢的行為和思想吧，讓他們愚行中得到滿足，讓他們
自得其樂，為甚麼要費力改變他們呢？」

　　在這本書裏，作者以為人類底無理性的和愚蠢的欲望才是
足以推動世界前進的原動力。本書全用演講式的體裁寫成。披
着學士袍，戴着一頂令人發笑的帽子，帶着她的門客「自己顧
自己」、「忘恩負義」、「懶精」、「逸樂」、「好色」、「睡蟲」、「縱
慾」、「瘋狂」等等，「愚蠢」小姐走上講壇，對着一羣想像中的
聽眾大發高論。借了這位小姐的口，依拉斯莫斯諷刺了社會上
一切的制度和習俗，當時的信仰、婚姻、戰爭、國家主義，在
當時有很高社會地位的律師、科學家、學者等等，甚至統治者
和神聖不可侵犯的教王都受到他底無情的揶揄。

　　「愚蠢」小姐冷冷的說，沒有她的存在，社會便要崩潰，因
為沒有聰明的男女是會願意冒結婚生子的險的。沒有她，這世
界上便沒有高傲的哲學家、統治者、教士和神聖的教王。她很
得意的說：「如果沒有我為人類的生命增添樂趣，則生命除了是
一種負擔和充滿悲哀而且平淡之外，還有甚麼？」在「愚蠢」小
姐的眼中，聰明人是最不幸的人物；反之，蠢人和白痴是世上
最快樂的人，因為他們不會思考社會上種種令人煩惱的問題，
對任何事都漠不關心。

　　一個作者之所以為作者，其成功的程度全在他對時代敏
銳的感覺。依拉斯莫斯既感於世道之衰微，而嘻笑怒罵，皆成
文章，其實在這些似乎是謬論的背後，卻隱藏了作者底沉痛的
心。例如他在本書中表示一個成功的政府之所以成功，皆在於

它能成功地愚弄了它的人民；在幾百年後的今天，我們看看各國大多數的政府莫不以「偉大的空話」來愚弄百姓，這樣或者可以捕捉一點當時依拉斯莫斯的心情吧！

作者對當代的學者、科學家和基督教義都不留餘地。他以為一般學者便只曉得在考據和訓詁中亂轉圈兒，徒然浪費了寶貴的時間去作無謂的臆測，一旦考出了一個字或一件古物的時候便歡喜若狂；科學家則盡力發掘自然的秘密，作出種種理由來解釋自然現象，自以為他是充滿了創造力的「自然」的秘書，其實「自然」卻正在嘲笑他們和那些無稽的揣測。而被依拉斯莫斯攻擊得最烈的是當時的教會，尤其是那些僧侶們更被他稱為「不明白神聖的象徵」；他們不知道他們所唱的聖詩的真實意義，卻希望天上的諸聖會被他們的歌聲所感；他們以為自己神聖一如耶穌的門徒，而不知自己是那末污穢、淺見、傲慢和無恥。依拉斯莫斯又以農民和漁夫的樸實無華來反映教士和主教的喧赫世俗，比對之下，意義更為深刻突出。他更沉痛的指出荒謬和悖理的迷信，及過份的崇拜皆是可恥的現象。他說：「我能說甚麼呢？有人竟然愚蠢到以為犯了的罪可以贖回。」很多人都以為不斷的祈禱和膜拜便足以打開天國的大門，而教士們為宣揚他們底傳教的能力，卻盡量的鼓勵更多的人去接受這種錯誤的觀念。

《愚蠢的讚歌》這本書雖然已經是四百年前的作品，不過它的成就是頗堪注目的。尤其是作者在這本書對當時教會的猛烈攻擊，在歐洲歷史上有其一定的價值。眾所周知，十六世紀以前教會在歐洲的勢力，實無出其右者。其後教會日漸腐敗，學

者遂群起而攻之。十六世紀期間各種典籍多對教會有微詞，尤以本書為甚。此等書籍日後乃導致教會的革新及文藝復興運動等等歷史上的大事，對西方思想潮流，有很大的影響。

一篇作品之所以偉大，在於能表現出作者所身處的時代背景。十六世紀歐洲世道淩壞，民生困苦，湯馬士·摩爾感之而夢想着世外桃源（烏托邦），依拉斯莫斯感之而大罵人類底愚蠢的行徑。不平則鳴，其表現方法雖異，其心情沉痛則一。古往今來，人類的慾壑難填，商人拼命賺錢，賭徒博取幸運；詩人尋覓不朽，戰士都望榮歸。到頭來，塵歸於塵，土歸於土，到頭來，財富、榮譽、地位、生命，都成虛幻。到頭來，人之將死，或者會發現這一生都是被這「愚蠢小姐」所愚弄了吧？

*《中國學生周報》，第七六八期，中華民國五十六年（一九六七年）四月七日。

湯瑪士‧摩爾的《烏托邦》

（筆名）漢基

　　時當亂世，一般人都會產生了一種厭世和逃避現實的心理；而人們既不能放棄生命，又不滿於當前的腐敗社會，於是便出現了一種描述作者幻想中理想國度的小說。以希哲柏拉圖的《理想國》為濫觴，其後又有我國晉代陶淵明的「桃花源記」，乃至英人湯瑪士‧摩爾（Thomas More）的《烏托邦》（Utopia）等，皆是這一類文字傑出的代表。

　　《烏托邦》一書初為拉丁文本，直至一五一一年始譯為英文，然後於一五一六年出版。此書分兩部，第一部描寫摩爾所處時代底罪惡及社會上不平等的現象，第二部則描寫那個他認為最理想的國度——烏托邦。

　　《烏托邦》是文藝復興以來這類型作品的第一本。Utopia這字源出於希臘文，其意為Nowhere。這時代因為君主專制，政治腐敗，人民都被壓迫得透不過氣來。在當時各國外交關係而言，欺騙和詭詐是最常見的政策。裙帶關係和不公平等現象，處處可見。在本書摩爾創造了一個沒有上帝的樂園，對當時信奉基督教的英國而言是一個極為諷刺的對照。而後世有很多作品都受到本書的影響，例如意大利僧侶甘本利亞（Tommaso

Campanella）的《太陽城》（The City of the Sun, 1623），英人培根（Francis Bacon）的《新大西洋洲》（New Atlantic, 1627）及哈靈頓（James Harrington）的《海洋國》（Oceanica, 1656）等。

摩爾這本書普通來說有三種不同的意義和性質：一、文藝上的狂想；二、開玩笑的文學作品；三、對時代的罪惡作有力的控訴。全書充滿着豐富的幻想和幽默，同時又很巧妙地攻擊了社會上種種不平的地方。

摩爾所採用的精簡文字，顯然是效法柏拉圖底對話式的體裁。他的靈感也多少來自柏拉圖。作者在書中是一個到處航行的外交家，後來遇到了一位保守的荷蘭人和一位水手。這位水手是曾經跟從維斯浦奇的（維斯浦奇為意大利航海家，曾三度航海至美洲大陸）。本書敍述了這三人的對話。據那水手所云，在一次航行中，他無意地發現了一處充滿神秘的海島阿摩奴（Amauroie），一住五年，才將這個完美地方的消息帶回家鄉。然後他又痛心地將各種制度都完美的社會與滿目瘡痍的英倫比較，不禁唏噓不已。

統治烏托邦的是一種最純正的共產主義。這個阿摩奴島就像一個大家庭，其中每一分子都能保有相同的財富。島中基本的單位行親屬家庭制度，每個家庭都要領養十個至十六個小於十四歲的孩子。每三十個家庭由一個菲拉克（Philarch）管理，他的職責在於促使每一個公民都勤力工作。這裏又有一個菲拉克主（Chief Philarch），他的權力可以統率十個菲拉克和他們治下的三百個家庭。而島中的最高統治者名曰王公，是由這些菲拉克之中選出的。島中居民分住於五十四區之內；每區都有廣

大的土地以供耕作，城中街道寬敞，兩旁排列，房屋都是建造自同一式樣，而屋前更有美麗的花園。

這裏並沒有失業的情形發生。農務是島中最受重視的職業，不過每一個市民都精於營商和手工技藝，而每人每天一定要工作六小時。島中的刑法賅簡，因為他們認為遵從煩瑣的法規是一件不可理喻的事情。再者這裏也沒有律師這個行業，因為他們認為律師的工作只是歪曲事實和法律。而刑罰只在幫助犯人改過自新，卻並不是一種報復的行動。只有不可救藥的壞蛋，才會被判死刑，通常來說，強迫勞動便是最普通的刑罰了。然而島上居民卻很少犯罪，這是因為任何事物都由人民共同享有的原故。人民的宗教信仰完全自由，但教士卻很少，因為在那裏的教士是很神聖的。

烏托邦的人民是厭惡戰爭的，不過三種情形之下，戰爭便無可避免：一、保衛祖國；二、拯救鄰國；三、解救別國中被壓迫的人民。到戰爭一定要發生的時候，他們便僱用蠻族的鬥士為他們作戰。

在社會制度方面，烏托邦也有很多進步的改革，例如禁用裝飾品，男女衣服劃一化，鼓勵無可救藥的病人自了殘生；檢查將結婚的男女，以求發現他們身體裏有何缺陷——這措施能使他們婚後生活更為幸福。島上離婚是合法化的，不過再婚則被禁止。烏托邦人民很輕視金錢，他們甚至將金銀寶玉之類的東西用來作室內普通的裝飾品。他們在餘暇的時候盡量讀書，以求進修學問。

對於但求溫飽的普通人來說，烏托邦的生活已經是很完善

的了。然而對於知識分子來說，這樣劃一的生活卻不是他們所能忍受的。

而摩爾之偉大，在於其新穎的見解和遠見。十六世紀的「烏托邦」已經刻劃了一個現代城市的雛型。空氣調節，護病養老，育下一代，宗教自由，令人改過自新的刑罰，減少工作時間等等制度，在百年後的今天，已經慢慢實現。對於這本書，如果我們能捨棄那些不合理的建議，採納那些可行而有益人類的制度，人類能在自由的氣氛下力求改進，則烏托邦將不會永遠是虛無飄渺的吧？

＊《中國學生周報》，第八〇七期，中華民國五十七年（一九六八年）一月五日。

《異域》讀後

（筆名）漢基

在民國三十八年，國民黨退守台灣後，仍有一支孤軍從萬里外潰敗入緬，無依無靠，在十一年中一次反攻雲南，兩次大敗緬軍，使得緬甸政府不得不向聯合國一再控告孤軍「侵略」。在這塊比台灣面積還要大二倍的中緬游擊邊區上，每一寸土地，都灑有中華兒女的鮮血，然其間無數令人愴然欲涕的悲壯事蹟，很多都不為外人所知道。

鄧克保，這是一個戰死在原作者身畔的亡友的名字，而他自己的名字，卻不願公開。這位中年的游擊戰士，以他底心、血和淚，混和了澎湃的感情，寫出中緬邊區孤軍的苦鬥史蹟，前後六載，念念家國，扼腕蠻荒，愁腸百轉，而成就了這本動人心魄的報道文學巨著。

全書共分六章：第一章敍述民國三十八年，國軍自昆明撤退，於元江絕地大軍潰敗，六萬弟兄的鮮血染紅了滔滔江水；第二章敍述千餘殘眾如何艱苦備嘗，退向緬甸；第三章敍述孤軍喘息未定，又在緬甸國防軍力壓之下取得絕大的軍事勝利，從而建立了中緬游擊邊區，隊伍日漸壯大；第四章敍述孤軍反攻雲南，收復四縣，然而孤軍的力量是太小了，到頭來終是逃

不脫潰敗的命運；第五章敍述孤軍與緬軍的第二次大戰，孤軍再得到勝利。緬甸於失敗之後在聯合國控告孤軍「侵略」，經四國會議之後，孤軍奉令撤退回台，而作者留下來了，留在這個世外蠻荒裏，因為他「不願拋棄那些始終仰仗我們，把我們看成救星的，不肯撤退的游擊伙伴，和視我們如褓姆的當地土著和華僑」。

本書到這裏便結束了，作者說：「自從我們留下來，又是匆匆六年，六年中的遭遇，有比過去六年更多的血，和更多的淚。」這些作者都沒有告訴我們。

和常人一樣，作者都有妻子和兒女。一對兒女隨着父母，一步步的走進緬甸；然而女兒給毒蛇咬死了，兒子在父親和緬軍作戰的時候，時常爬在椰子樹上盼望爸爸歸來，而椰子樹被緬軍炸斷了，他摔下來，腦漿迸裂。於是一對孩子都死了，葬身在這去國萬里的異域。

孩子都死了，整日跟着丈夫逃亡履險，受着種種的打擊，一個柔弱的女人，又怎能經受得起？作者憂鬱地說：「我懷疑她怎麼還能活下去，從一個活潑美麗，充滿了嫁給王子幻想的少女，只不過短短十年，已變成了一個憔悴不堪的老太婆。」

然而災難並不只臨到一人的身上，在孤軍中，又有多少人不是家破人亡呢？他們兒女死了，妻子死了，最後自己也死了，骨橫於朔野，魂逐乎飛蓬。

和常人一樣，作者都有伙伴和戰友。在那個和二十世紀豪華享受迥然相異的原始叢林中，那裏充滿毒蛇、螞蟥、毒蚊、瘧疾和瘴氣，沒有音樂、沒有報紙、也沒有醫藥，作者的伙伴

便在那裏，他們之中，有大學教授，有尚在襁褓中的嬰兒，有華僑青年男女，也有百戰不屈的老兵，他們大多數沒有鞋子，大多數身染疾病，病發時就躺倒地下呻吟，等病過去後再繼續工作。作者說：「世界上再也沒有比我們更需要祖國的了。然而，祖國在那裏？我們像孩子一樣需要關懷，需要疼愛，但我們得到的只是冷漠，我們像一群棄兒似的在原始森林中，含着眼淚搏鬥。我就要回那裏去，我不知道我能活到甚麼時候，我一個人獨處的時候，便感覺到孤單軟弱，但伙伴們卻有一種別人不能了解的力量，使我們在憤怒哀怨中茁壯，這種力量，別人是根本無法了解的。」

然而親愛的戰友是一個一個的倒的倒了，死的死了，或者給細菌蛀空了身體，或者給子彈穿破了胸膛，一滴滴的鮮血，一個個赤膽忠心，皆歸向塵土。然而「壯士軍前半死生，美人帳下猶歌舞」，邊區勝利的光榮是屬於「大家」的，在大後方的曼谷，華僑小姐和泰國小姐都用充滿了崇敬的眼光向大家敬酒，接着是一個舞會，而作者——這個幾乎是唯一在邊區作過戰的軍官，卻一個人躲在牆角，一杯一杯的喝着冰水。

自撤退之後，很多百戰沙場的英雄，因為沒有人事關係和學歷，一個個都寂寂無聞了，投閒置散了。作者說，「就讓他投閒置散吧」。國家不是很多人才嗎？

對於孤軍的一切，作者引述意大利加里波里將軍對願意加入軍隊而問及待遇者，將軍答道：「我們這裏的待遇是：挨餓、疾病、衣不蔽體、整天被人追逐逃生，受傷的得不到醫藥，會輾轉呻吟而死，被俘的會受到苦刑，被判叛國。但，我們卻是

為了意大利的自由和獨立。」

　　而孤軍是為了甚麼？鄧克保先生説：「我們戰死，便與草木同朽，我們戰勝，便回到故土，如此而已！」

　　「傷心極處且高歌，不灑男兒淚」，我祝福這些勇敢的戰士。我將記得鄧克保這個名字，而且我很急切的希望看到《血戰異域十一年》的續篇。

＊《中國學生周報》，第八一六期，中華民國五十七年（一九六八年）三月八日。

會考故事

（筆名）葉鳳溪

大概在不久前的過去，我整個人都變了起來，變得和以前大不相同。人們都說我沉默了，懶了；我想這些我都不能否認，似乎我已經生活夠了，我開始厭倦一切，做甚麼也提不起勁兒來。

而我以前真的不是這個樣子的。

故事看來要從中學會考說起。會考之後，我們距離大學入學試還有二十個月的時間。而在這二十個月之中的最初，我們已經接受了警告：預科並不是一個給你們優閒地喘息的機會。在不久的將來，你們只有付出更大的精力和時間，才有希望符合入學的標準，才能和別人爭一日的短長。

這個警告我從容的接受了，而且全不當它是一回事；因為，在我以往的體驗中，讀書和考試都沒有難倒我。

然而人的觀感往往要在歲月涓流中改變的。讀書和考試都變得可怕起來了，當每日裏逐漸多起來的測驗一齊壓着我的時候。

忽然地，我發覺我變了；現在我很困難地要一連誦讀十數次才能唸懂一篇文章，而通常我只要讀五、六次便可以唸出來

的了。有時，我重複又重複的閱讀一篇筆記，然後合上眼睛，腦子出現的卻是一大片空白。

有這麼的一個下午，我們昏昏沉沉的上多了一節額外二小時的英文課（這類事情是時常要發生的），到五點多鐘，我們幾個人才走出來，走在剛給微雨洗滌過的太子道上。四個青年人低着頭，慢慢的走着，踢起水珠，踏碎了十一月的落葉，默默無言地，彷彿業已在這昏昧不明的暮色中失落了一點甚麼。

然而就在同一的樹下，我們曾經輕快地走過，笑着，叫着，跳着；生命曾經是如此地充實和歡樂；疲倦和空白曾經是並沒有一丁點兒存在於我們的思想領域。我們都是滿腔熱血的青年人，我們都希望能給世人貢獻點甚麼。就在幾年前，我便這樣寫過：「……多少人悄然而來，又悄然而去。他們的一切一切，不為世人所知，不為世人所覺。世人未能確定死後能否再轉世為人，或者是否在天國裏能尋到永恆的生命。於是，在世上的數十年，便是我們能夠思想，能夠知覺的唯一機會。」於是，我這樣對自己說：「為虛無的生命加點東西吧！於有生命之年，做點事情。」

然而我們的長輩似乎並不注意這些，他們所給予我們的是三個小時，在三個小時之內我們要解答三至五個題目，在這段時間裏，我們要一刻不停的寫，將硬擠進腦袋裏的東西照搬出來；可千萬別想一想，因為一想你寶貴的時間便飛去了。

這是體力勞動和記憶能力的測驗，你的思考能力和知識水平似乎和這些並沒有甚麼關係。

而我無可奈何的將我的頭擠進這個框框裏，因為我的母親

這樣對我說:「你的祖父窮了一世;你的父親沒有書讀,也窮了一世;現在到你這一代,可不能再窮了!」我的師長對我說:「考好這個試!這對你的升學和就業都有好處。」

於是,我對自己說,我要考好這個試,我不要令他們失望。「他們」之中,包括了我的親人、師長、朋友。

而「他們」之中有沒有包括了我,這倒無所謂了。

活了十多年,近來我看看鏡中一堆歲月與血肉組合的東西,以及旁邊的一堆書,很難相信這便是我的一切。因是,現在我很相信「緣份」,覺得冥冥中真的自有真宰,替我們安排了一切;設若我過去的日子能夠來一套「如果當年我如何如何……」,想來今日的我便不會如此這般吧。我從何而來?我為何而生?我為甚麼一定有這付樣子,這些際遇?在我童年時偶爾想起這些便驚悸得要哭起來,直到躲進母親的懷抱裏才覺得心安;可是,現在我再沒有避難所了,面對宇宙底神秘莫測的無際內涵,一切我都推不開。

多少個晚上,我要不住的向自己說,不要令他們失望;於是,似乎我便不再厭倦甚麼了。直到今年的大除夕,我靜靜的在讀白居易〈與元九書〉,樂天自訴苦學力文,「以至於口舌成瘡,手肘成胝,既壯而膚革不豐盈,未老而齒髮早衰白,瞀瞀然如飛蠅垂珠在眸子中也,動以萬數。」我想白居易真可憐,繼而我覺得他並不可憐了,可以想像得到他中進士時簪花掛紅的情景。白居易的苦學不是有結果了嗎?史書都載得明明白白了。

然而白居易只有一個。我忽然知道誰個人更可憐,我虛弱的對自己說:我投降了,我實實在在的投降了。

　　於是，我覺得再不需要做甚麼，就伏着白居易，沉沉的睡着。

　　而我知道，我沒有投降的自由；當我醒來的時候，我還要掙扎，因為，人在人與人之間，又怎能揮灑自如，遺世而獨清？

＊《中國學生周報》，第八一七期，中華民國五十七年（一九六八年）三月十五日。

空談愛國，不亦愧乎！

（筆名）葉鳳溪

一

馬思聰回到台灣後第一次練琴，那首如詩的「牧歌」，便在「早春的山霧裏」，「從山頭那座別墅逸滿一山」。

一位特派記者「立於林間，靠着樹幹，浴霧聆賞，有幸做了馬思聰在台灣的第一個聽者」。於是，「牧歌親切的樂句，一段又一段的將我們喚回到童年，喚回了江南、西南的山歌裏，那些隱約的片斷。我們從又憶起，田梗上，牧童悠然吹笛，風來時，菜花吹起一片橙黃。」

聽到「牧歌」，這位記者便沉醉在回憶中，「那些隱約的片斷」，田梗、牧童、菜花，一幅幅錦繡中華，便浮上腦海⋯⋯。

聽到「牧歌」，我卻不能想起甚麼，回憶甚麼，因為我生在香港、活在香港，我根本不知道中國。於去年我在周報介紹秋貞理先生的《心影集》時，就曾這樣寫着：「一篇篇的散文，給一股感情貫串起來，這是作者對祖國的愛慕之情，熱愛之忱⋯⋯他眼中的中國是有形的、有質的，有清楚的輪廓的。但我們這些生於香港的小子眼中的中國，就像一團影子，模模糊糊

的，怎樣也看不清楚！」而時至今日，這種感覺對我來說是更強烈了。

所以，讀着司馬長風先生的散文，他的祖國便彷彿呈現在我們面前；如果我們將之與周報八一八期陶煜君的「土」比較一下，可見陶君並未能從深廣面去描寫祖國的鄉土，因而「我來嗅一嗅鄉土的氣息才去死」這句話便不能發揮它底應有的感人力量。然而這怪不得陶君，因為我們都沒有親身經歷過中國，而中國只存於我們幻想之中。

這一輩身在國門之外，生於香港的我們，從父母的遺傳下承受了中國人的普遍性格，語言風俗，基本上我們都是愛國的；可惜的是我們愛底熱誠，卻無所依附；而且更不幸的是一部分青年的愛國熱誠，竟被一小撮死有餘辜的敗類利用了，因而害己害人！

在這裏我向各位朋友提出一問題：如果我們並未徹底認識中國，又將如何愛國呢？

二

哈佛大學政治學學家羅勃・安馬信（Rupert Emerson）以為一個民族是一個團體裏的人，他們覺得他們是一個民族，其要點就在一種共通的感應，一種獨一無二的「我們」的感覺，從而分別於其他陌生的「他們」。於是在中國四千年的歷史中，愛國便成了「驅除胡虜、保衛皇廷」的代名詞，而終失其真面目。自清末之後，中國受列強欺凌日亟，所謂愛國更演變成純粹的排外觀念，終而弄成今日的局面。

中國人很愛中國，我們看着一段段八年抗戰的史實而流着淚的時候，大概總不會有人反對。然而貢獻自己的生命，為國犧牲，只要有滿腔熱血，便不難做到；在這個風雨飄搖的大時代裏，在這個國民皆處於水深火熱的局面之下，如果我們的所謂愛國，乃在與敵俱亡，如此不唯於事無補，更在某一方面而言，還是愚蠢的逃避責任。

自清末以還，中國經歷了數千年未有之劇變；而這劇變還在繼續之中，身為中國當代的知識青年，我們的責任乃在「追溯已往，以逆臆未來」，乃在將中國之變動，納於趨向「國強民信，康樂富足」的正軌。

而史實是前後相因的，並不能獨立割離；今日中國的局面，實在已種因於很久以前，我們如果希望要改良中國現狀，必須究委尋源，「明白現在各重要事象之由來，其由來既明，則於未來問題之推索與解決，皆有把握」。

因此，我們要愛國，必欲納中國於正軌；而就「追溯已往，以逆臆未來」而言，我們要研究歷史！

而就認知祖國而言，我們更要研究歷史！錢穆先生於《國史大綱》謂：「若一民族對其已往歷史無所了知，此必為無文化之民族。此民族中之分子，對其民族，必未甚深之愛，必不能為其民族真奮鬪而犧牲，此民族終將無爭存於並世之力量。今國人方蔑棄其本國已往之歷史，以為無足重視，既已對其民族已往文化，懵無所知，而猶空呼愛國。此其為愛，僅當於一種商業之愛，如農人之愛其牛。彼僅知彼之身家地位有所賴於是，彼豈復於其國家有逾此以往之深愛乎？」所以，身為一個有

知識的國民，必須對其本國以往的歷史略有所知，尤必附隨一種對其本國以往歷史之溫情與敬意，則至少不會對其本國以往歷史抱一種偏激的虛無主義，亦至少不會感到現在我們是站在以往歷史最高之頂點，而將我們當前種種罪惡與弱點，一切諉卸於古人。「當信每一國家，必待其國民備具上列諸條件之比數漸多，其國家乃有再向前發展之希望。」

錢穆先生肺腑之言，實在值得中國青年們一讀再讀。對於茶餘飯後閒談式的愛國，默默無言等待着一位孫中山先生的愛國，以及大聲疾呼，不切實際的愛國，我只想問一問：

不認知中國，如何愛國？

不認知中國現狀之由來，如何救國？

三

然而最可歎息的是很多同學受了香港教育制度的影響，讀歷史只為求考試，而不曾將愛國的熱情寄託在國史身上；更有一部分人以其起訖四千年，史事繁多，不堪記憶，甘心捨棄。而就算有志讀史的同學們，也遇到重重的困難。原因是現在通行的歷史書，大部分只是記載至一九一一年，其他有提及的也鮮能持正大公，不偏不頗。然而自一九一一年以後的局勢變遷影響當代中國既深且巨，而這期間的歷史，留在我們腦中的只是一片空白。

我誠意的希望當代的前輩學者，能夠拿出文人的骨氣來，為下一代寫一本信實的近代史；我更希望同學們能在讀書考試之餘，抱着「溫情與敬意」來讀一讀國史吧！

或許有些同學要說：「我興趣不在國史，難道我便不愛國不成？」我想就算當作普通知識的一部分，對於中國歷史和中國地理我們也應知道，不然怎能算愛中國呢？日前我校考試，歷史老師在一位同學的卷上評曰：「空談愛國，竟連中國地圖也畫不出來！」這評語我想是稍嫌過火，傷了那位同學的心，然而揆諸情實，那位同學能不慚愧嗎？

＊《中國學生周報》，第八二六期，中華民國五十七年（一九六八年）五月十七日。

談談讀史與愛國

(筆名) 葉鳳溪

拜讀戴雪君先生大作「己所不能，勿求於人」後，我有幾點不同的意見，提出來和大家討論討論。

一、對歷史的看法

對戴雪君先生而言，「整個中國的、甚至整個人類的歷史便是人對現狀的不滿史」，「歷史卻在人類的戰爭、血淚和恨悔之中爬行着」，於是歷史在雪君兄眼中，便簡單化起來。如果揚棄了其他因素，將歷史歸結於「人類對現狀的不滿」，這決不是歷史。如果以為歷史便是戰爭、血淚、悔恨，這也決不是歷史。歷史必有其光明的一面。

戴君以為國史從人類散居，而至氏族、共主、封建、帝制，而至於共和，其變更皆出之於人對現狀的不滿。而我想問問雪君兄的是：為甚麼在「幾千年的停頓在帝制之後」，「人」才會「又開始不滿意於帝王的專制，而終於成立了民主共和國」？是不是在幾千年，人民都安於帝王的專制，而至清末才不滿於現狀呢？清末之後的民主共和，是不是全民性的意願？如果照戴君所言，則人民於得到共和之後，他們的不滿最少應得到暫

時的滿足，何以不旋踵又發生這許多問題，終演至中共主政？

而戴君之所謂讀史，乃在「熟讀了所謂三墳五典，九丘八索和那二十五史，知道了秦皇漢武唐宗宋祖，維新辛亥的一切詳情」，由是觀之，難怪雪君兄以為三王五帝，堯舜文王這一段無信史證實的年代為盛世，難怪雪君兄是「為了考試」，才「硬着頭皮讀完了錢穆先生的《國史大綱》」，「而作為一個好疑深思的懷疑論者來說」，我頗疑惑究竟雪君兄有沒有讀過「錢穆先生的《國史大綱》」，不然何以戴兄以為「懷着溫情和敬意的讀史祇能促使人生思古之幽情而已」，而錢穆先生所謂對本國以往歷史附隨一種「溫情與敬意」者，乃在使人「不會對其本國已往歷史抱一種偏激的虛無主義，亦至少不會感到現在我們是站在已往歷史最高之頂點，而將我們當前種種罪惡與弱點，一切諉卸於古人」，這恰等於戴君所謂「用一個冷靜的、客觀的批判的態度」來讀史。而我不明白的是：戴君為甚麼要歪曲了錢先生對「溫情與敬意」的解釋？

因此，讀史得其法，可以增強我們思想，觀察以及分辨是非的能力，而且養成從多角度看問題的習慣，於是便較難流於武斷和偏見，於是我們的智慧便有所增進。而如果戴君能善讀歷史的話，大概他便不會因為羅素的一句話就武斷的認為我們在知識上是超越過孔子了（至少就現階段而言，孔子於六經六藝的知識我們只能知道皮毛，了解與否還在其次）。

更重要的是，「善」讀歷史可以使我們「追溯已往，以逆臆未來」，而戴君以為這句話的意思是以一個人或一個國家的過去史實來決定一個人或一個國家的未來的行動，從而對我的歷史

觀有所疑惑。我也相信只有懶人和蠢人才會以為不用思想，只要翻開歷史書便能解決問題，可是我在「空談愛國」一文中明明白白的指出：史實是前後相因的，並不能獨立割離；今日中國的局面，實在已種因於很久以前，我們如果希望要改良中國現狀，必須尋根究底，「明白現在各重要事象之由來，其由來既明，則於未來問題之推索與解決，皆有把握」。因此我說的是「有把握地」推索與解決未來的問題，並未說一定可以解決。

戴君基於他自己的歷史觀，於是認為我們應該揚棄過去，展望將來，為今日而存在，我們需要以無限的毅力及智慧來解決新的環境所產生的新難題。然而戴君似乎不再記得「新環境」和「新難題」是怎樣演變而來的，如果我們不知道新難題的由來，我們憑甚麼來得到毅力及智慧？又憑甚麼來解決新難題？

而當戴君再不能自圓其說的時候，他同意不認知中國現狀之由來，不能真真正正的救中國；但他更堅信只是抱着那一堆歷史而不發掘人類智慧而指示人類的出路，我們決不能真正的救中國。而我想告訴戴君的是：「善」讀史者並不死「抱着那一堆歷史」；真正的歷史學家所做的正是結合了人類數千年活動的經驗，從而有把握地、有所本地及比較正確地「發掘人類智慧而指示人類的出路」。

二、愛國的觀念

在「空談愛國」一文中，我說基本上我們都是愛國的；可惜的是我們愛國的熱誠，無所依附，更不幸是被一小撮敗類利用了，因而害己害人。因此我提出三個問題：如果我們並未徹底

認識中國，又將如何愛國呢？不認知中國，如何愛國？不認知中國現狀之由來，如何救國？因此我全部的意思是：我們雖然愛國，然而如果我們不認知中國，我們如何去運用我們愛國的熱誠來救國？而戴君又斷章取義地將「如何愛國？」和「怎樣去愛國」解作「愛不愛國」，從而「認為葉君有本末倒置之嫌」。

我之所以希望各位朋友能認知中國，乃是因為對我們這些生於國門之外的青年而言，中國「就像一團影子，模模糊糊的，怎樣也看不清楚」！因此我雖然很欣賞戴君所謂「必需首先愛上他或她」的愛，然而我們最少應該知道他或她的形貌如何才能愛吧！如果我們所愛的人對我們而言只「像一團影子，模模糊糊的，怎樣也看不清楚」，這不過是筆友式的愛情而已。

對於救國而言，戴君提出了「愛」這個偉大的口號。然對這「唯一救國及救整個人類的道路」，戴君只以不及一百字來發揮，因此我看不出如何使這「道路」建立起來的方法。

三、人我之間的觀念

戴君以為當代的問題是「求諸己而知所不能，而欲求於人」。這句話我以為可以有兩種解釋：（一）你做不來，卻用強力壓迫別人做給你看，這是不對的；（二）你做不來，卻希望別人替你做，或希望那些天才們領導你做，這是對的。

我必須要告訴戴君我只信仰言論和思想的自由，而我更無能力強迫別人服從我的意見。而被戴君目為更偉大的「愛國必須讀史」的口號，我自信並無喊過寫過。我只引過錢穆先生所說「身為一個有知識的國民，必須對其本國已往的歷史略有所

知」，我想這是任何人都能做到而絕不會反對的吧！

在這個風雨飄搖的大時代裏，在這個國民皆處於水深火熱的局面之下，我深信中國的命運掌握在我們這一代的手中。如果我們能保持了思想和言論的自由，我們能夠合乎實際地學習，我們能夠熱誠地而又理性地為中國做一切有益的事情，我深信另一個孫中山就在我們之中！

＊《中國學生周報》，第八二九期，中華民國五十七年（一九六八年）六月七日。

成雙

田野像一幅潑墨的山水，天陰陰地，抹上了一層淡墨。細雨斜斜的披在地上。

拖着小侯子，就赤足走在這小徑之上。迎上春風，迎上這涼涼的微雨。黃泥土，如此濕暖的在腳下，彷彿這裏面正流着大地的血液。

就將古老的瓦面與古老的磚屋拋在後面，這好大的田野。小徑的兩旁是田，雨落在田上，那一個一個的小漣漪，散開了，散開了，互相地接觸，那謎一般似波紋的輕動。水面輕輕地動着，水面是一片藍白相間。

我忽然很想停下來，很希望能在水中看見點甚麼。就像先知們看着水面的波紋，然後水不動了，安靜得像死去，於是他們便從中發現你的前程。

而我沒有停下。讓水面在風雨之下保持它底完美的活力吧，讓我的前程埋在霧中，只要我不知道，我準能將霧裏的東西想得很美麗。

斜斜的竹籬笆圍着一組小茅屋。籬笆外長草沒膝。

我拖着小侯子，穿過長草。遠方有幾個農人在田中插秧；

田外有一塊草地。草地中有一個荷塘。

黃色的泥土。帶着一股亙古不滅的生生不息，嫩草都要從土隙中探頭出來了。草地上有豬有牛，草剛從土地中出來，又無可奈何地在牠們的口中輾轉。

留戀不去的殘寒難以關住春意無限，荷塘邊黃色的野花盛開起來了，荷葉也亭亭。

我們同在塘邊坐下，我濯足在水中。

水面碧綠，有水鴨在悠然的游着。荷葉承着雨點，似一粒粒珍珠，滾在一起，又溶合在荷葉中央，清雅地透出了翡翠的色彩。

我望望身旁的小侯子，她抱膝坐着。這女孩子很喜歡無端地靜坐癡想，想得很遠很遠——

這個年齡是很煩惱的——她曾經對我說，我希望我的年紀少一些，這樣我便無憂無慮的甚麼也不會想；或者我的年紀多一些，這樣我便好像你一樣，甚麼也想到解決的辦法。

——小侯子錯了。

我驚異於她底令人憐惜的早熟。葉慈說：「當你認知到人生就是一個悲劇的時候，你才開始生存。」

我望着她，我想對她說，我甚麼也解決不了。我只希望安靜的睡在你的懷裏，我只望能夠拋開一切。

而我振衣而起，踢起了一大片水珠；水珠落在荷葉上，一陣陣的急管殘弦，水珠又依依地結在一起。

而雨漸漸大了，小侯子拉着我，在阡陌中轉來轉去。然後我們拋下水田，來到了這個滿眼青綠的地方。

好大的一幅草地，嫩草密密的生長。小侯子說這是個高爾夫球場。

草場之外，西北角上是一叢高高的柏樹。蒼柏高高的拔起在地平線上，不語不移，在寂寞的歲月中看盡幾許花開花落，草衰草長；靄雲的變幻莫測，人間的悲歡離合；倘若蒼柏能言，它將不知有多少事要向天地傾訴；而它卻只能在風搖枝動的時候，努力地發出一點聲音。

柏林之外，有一座高高的山；高山有流水，一條窄長如匹練的瀑布奔騰而下，不知所終。

當我們在場中央的時候，大雨驀地傾盆而下。一聲春雷，隱隱地響起，天地彷彿都要變色了。

而她全身都濕透，長髮貼着肩，水珠流在她潔白的面上，她的眼睛在雨中清澈而明亮，就很頑皮地，斜斜的睨着我，那神情就彷彿是埋怨着我為甚麼硬要拉她出來。

大雨像佈下了一層又一層的霧，在霧中我還可以看見瀑布，看見柏樹，看見她。朦朧的感覺美化了天地萬物。

一生人能有幾多次呢？兩個人，在山水草木之間，天地變色之際；我忽然了解史特勞斯為甚麼會在晨早的森林放馬，從而寫下了不朽的樂曲。

我彷彿聽到了奧妙不可名狀的天籟，我要大叫起來，我要將我的身體解縛，我要拋開一切！

於是我便大叫起來，在雨中旋轉兩個大圈，在草地上翻了兩個跟斗，於是小侯子笑得彎了腰。

我喊着，「來啊，小侯子，你為甚麼要叫小侯子？」

　　於是我拉着她，大叫着，大笑着，從這邊走到那邊，又從那邊走到這邊……。

　　然後我們在草場上團團的轉着，就像《國王與我》中國王與教師在宮中跳舞的情形。……

　　這個平野，這大雨大風……。

　　然後我們倒在草地上，在雨中喘氣……。

　　然後雨便細了。

　　忽然我有一刻的呆木，有些事情是要我好好地想一想的。我是一個如此地古怪而不可理喻的人；然而現在有一個人肯和我默默無言的坐上一整天，肯和我在大雨下跳舞，在大雨下喘息……這真是不可思議的事情，而我便彷彿已經得着了點甚麼。

　　於是我扶她起來。

　　「很對不起，」我替她理好頭髮，心裏憐惜無限，「我們一齊着涼好了。」

　　而我們便披着雨歸家。

＊《中國學生周報》，第八三五期，中華民國五十七年（一九六八年）七月十九日。

年年知為誰生

（筆名）葉鳳溪

午後滿天的黑雲都不知飄到哪裏去，陽光輕盈地自窗內的軟簾透進來，漫一室暖和的流光。幾日來都是悶悶的仿似無所適從，愁來無方。我想煩惱都是來於不自量力。「憐我世人，憂患實多」，只是我們卻無能為力。

而漸涼的天氣是如此使人慵懶，我遂沉沉睡着，接一夢的繽紛，那世界是貧有所活，老有所恃，國富民樂，萬世長安。

然後，抖落一袖星碎的幻想，我就醒來，那一室暖和的流光依舊，一大堆的書本，還是凌亂的擠在桌上，只是瀰漫在空氣中的，卻是一陣有點兒令人心悸的寂寞。

「人都走到哪裏去了？」

我無聊的坐起，就怔怔的坐着，讓時間悄然溜過，而我卻驀地想起一點甚麼。多少日子總希望獨個兒消失於深山大澤，跳出了人與人之間的束縛；多少日子總希望人與人可以互相隔離，老死不相往來，這樣我們便不用再關心別人，也不用憂心別人對我們的加害；而此刻我恍然大悟，個人的獨處竟然要引致如此難堪的寂寞。

於是我來到窗前，就捲起軟簾，窗外十月的陽光和藹地普

照大地，維多利亞港就好像一幅透明的藍紗，天幕抹上一片淡淡的藍，幾朵白雲悠閒的貼着太平峰頂，這世界卻是如此美好。

而樓下眾兒嬉戲，天真活潑的面上再現了人性的善良。樓外的小山坡擠滿一叢一叢的樹木青草，山坡下是一條廣闊的公路，靜靜的橫臥着，只偶然的才有幾輛汽車經過。

輕輕地在窗旁的水族箱裏響起了一串清澈的聲音，箱底的蚌殼一張一合的，就吐出了一陣又一陣的小水泡，在箱的一端攪起了一陣又一陣的漪漣，而幾尾金魚就在水族箱的另一端，避過了波動的水紋，悠然的游來游去。

就避開了洶湧的波濤，那些金魚是如此的優閒適意。我確確實實的相信；如果我能夠拒絕知識，如果我能夠忍心忘記那沉淪的古國，我也將會快樂，我也將會優閒適意。

然而就不知在甚麼時候，我已經將我的心掬出來，分成碎片，再灑落在這世界的土地上。然後我對自己說：「你太不自量力了。」於是，我希望將我的心重拾回來，仔細的拼成一塊，再完整的給回我自己。只是他們說：

「不能了，已經給予的，再不能取回來。」

再不能取回了。而我的情緒是時常的起伏不定。在我心情好的時候，我或許對自己說：「你還是可以做點甚麼的。」於是我又坐回我底書桌之前，讀點甚麼，或是寫點甚麼。

而就在書桌之旁，掛在牆上的是一幅朋友送的字畫。淡淡的幾筆潑墨，勾勒出冷月淒迷，石橋下波心輕盪；橋外敗瓦殘垣，橋畔數枝紅藥；石橋上，一位儒生佩劍抱琴，仰天惆悵。畫右角題着姜白石的一首詞：

　　淮左名都，竹西佳處，解鞍少駐初程。過春風十
里，盡薺麥青青。自胡馬窺江去後，廢池喬木，猶厭
言兵。漸黃昏，清角吹寒，都在空城。

　　杜郎俊賞，算而今，重到須驚。縱豆蔻詞工，青
樓夢好，難賦深情。二十四橋仍在，波心蕩，冷月無
聲，念橋邊紅藥，年年知為誰生。

　古往今來，現實的世界總是或多或少的令人不滿，而每
個時候，總是或多或少的有一些人抱着一把傻勁走出來，費力
的做一些傻事。屈子苦於獨清而自沉汨羅，李青蓮揮淚痛飲，
看透了「古來聖賢皆寂寞」，岳鵬舉琴劍江湖，且歌一段「知音
少，絃斷有誰聽？」……

　遂令橋邊紅藥，含笑西風。

　就檢視這一大堆書，這是文學這是史學這是哲學，很中國
式的文學哲學。而多少時日，我沉思反省：

　「祖國，祖國，我能為你做甚麼？」

＊《中國學生周報》，第八五一期，中華民國五十七年（一九六八年）
　十一月八日。

十一月

（筆名）葉鳳溪

十一月的氣息乍暖還寒，彷彿猶自感到渡海輪上襲人的冷風，遂接下一階憔悴的落葉。大學堂的鐘聲悠長的響徹雲霄，於是踏盡地上不掃的枯黃，偶爾便經過了幾個行色匆匆的少年，而腳下就似有殘餘的生命隨風而逝。

這個月總覺得大學生活把時間割離不成樣子。每日我踏進講室，目下是一幅幅似乎是熟悉又似乎是陌生的面孔；講台上，就在學問的大海邊偶然地檢拾數片色彩繽紛的貝殼。然後大學堂的鐘聲再響，就漫過了山坡叢林，人們忙碌地在各個講室中穿來插去，而我遂覺得仿似天涯浪遊，不知歸於何處。於是或許走進圖書館中，讓一堆堆的書圍着自己，然後默然地望着蔚藍的維多利亞港，和蔚藍的天空，「明德格物」的旗幟就在風中飄揚，那時間便從手指縫兒消失得無影無蹤；或許就走到後山翠綠的荷花池畔，躺在草地上，讓樹林環繞，讓天公俯視，我便靜靜的想一些困人的問題。而驀地我便要再入講室，接下另外一幅幅似乎是熟悉又似乎是陌生的面孔。

那舊日的同學業已各散東西，而今日的朋友便只是匆匆地點頭微笑。許是大學生不易為，時間只能用來讀書做筆記和替

人補習賺銅鈿；又許是我們都已經成熟得失去了赤子之心，於是我們都深切的了解在這個社會裏與人交往便必須要戴上面具和為自己來保留自己的一切。

就只是在前一個十一月，當我們還在苦讀預科的時候，我們清早從各個方向來齊集在一起，一同氣悶，或者一同奮發；上課時，我們苦口苦面地抱怨功課的緊逼；下課後，我們便聚在一起高談闊論，或是為着逼近的聖誕舞會而趕練舞步，最後為着一曲「難忘初戀」或者「落花滿天蔽月光」而放聲狂笑——然而這已經是前一個十一月的事情了。就憶起前幾天收到永強兄從加拿大寄來的信，他説功課很忙，外國很新奇，然而總記着香港，和香港的朋友。其實誰個不懷念昨日，誰個能不撫今追昔呢？那個朋友故舊，平居握手言笑，意興偉然的時候。於是永強兄説：「真乃棄我去者，昨日之日不可留矣！」

「不恨天涯行役苦，但恨西風吹夢成今古。」我們常常講瀟脱，講大丈夫拿得起放得下，要「一揮衣袖，不帶走一片雲彩」，而當昨日就在西風之中的時候，我們又總要怨起歲月的無情，又懷念着昔日逝去了的人生。

於是又翻開記事簿，拿起永強的信來重讀一遍。記事簿上寫着：「十一月十一日，肄業七年的母校一百五十周年紀念，下午三時開始，可回去一觀。」驀地過去的七年便一齊湧上心頭：太子道兩旁的樹木，和太子道的春夏秋冬，天主堂前的約瑟和聖嬰，牛津道外的斜坡，瑪利諾向東泛着金光的紅牆，迎風搖曳着的翠竹，和獅子山後低低的雲……。

陽光和煦的照着牛津道。下午三時前我便回到校門，校門

外花團錦簇，門口的平簷有電燈串着「1818-1968」幾個數目字。校內擠滿了人，碰見了幾位以前低我一班的同學，他們告訴我今早早會時陳老師在中文十項全能比賽圓滿結束後所説的一番話，使他們熱血沸騰，感動極了。陳老師説：「現在世界各國仿如在一個大舞台上做着一齣戲，如果我們不能振我大漢之聲，便給人家壓了下去，不能參加演出了。」陳老師説：「大陸在二十年的思想禁錮之下，中國文化面臨着前所未有的浩劫。如果我們有朝一日可以參加重建祖國的話，我們極需要一批對國學有深厚認識的年青人，將祖國的文化傳給我們的後人。中國文化，絕不能在我們這一代而絕！」

紀念會上校長講溝通中西文化，講音樂教育，希望教育司署供給錢財之外，更要供給人才。護督説青年人盡力去幫助別人，便可以解決了被他們稱之為「苦悶」的東西。我想護督對青年人的苦悶了解得太簡單了。我們幾個朋友時常都慨嘆着為甚麼不早生數十年，使我們在革命的洪流中粉身碎骨；或遲生數十年，使我們分享一個民族重建國家的奮發向上的精神；而我們就偏偏出現在這個低氣壓的年代，既無目標，又乏人領導。戊戌有康有為，辛亥有孫中山，譚嗣同與林覺民又何懼於拋頭顱灑熱血，而我們卻徘徊國門以外，苦悶而又徬徨的等待着一線曙光。

紀念會完畢之時，學校的弦樂隊奏起「天佑我王」，觀禮者肅立，大多數的中國人，奏起英國國歌，送幾個英國人出禮堂。而我的心一陣陣的絞痛，腦子裏電光火石的便閃過了永強信中的幾句話：「早會之後，場中奏起加拿大的國歌。加國青

年，是如此幸福而又嚴肅的端立着。而多少時候，淚便靜靜的流自眼中。」

那天晚上，我給永強回信：

「這是一個風雨飄搖的時代，狂風暴雨，澎湃如錢塘江的潮水，那潮聲便振盪着我們的身心，激發了我們建國的夢想。只是或許那潮聲響得太久了，或許我的心靈漸趨麻木，那夢與潮聲，皆漸離我而去。我想這到底是為誰辛苦為誰忙，好好的大學畢業，拿一份講義好好的教數十年書，好好的娶妻生子，那便是了，何來這許多無聊的憂心？只是我的良心還沒有容許我如此的心安理得，殘酷的生活重壓，還沒有挫去我的傲骨稜角。憶崇基校歌云『濟濟菁英，天降大任，至善勉同赴』，中國的前途，就立基於知識青年的覺醒。」

＊《中國學生周報》，第八五九期，中華民國五十八年（一九六九年）一月三日。

（編者按：一九六七年香港爆發暴動，歷時八個月始告平息，激起了第一波移民潮。期間港督戴麟趾回英休假，文中提及出席英華一百五十周年校慶的護督是祈濟時。）

陳耀南老師用崇基校歌「濟濟菁英，天降大任，至善勉同赴」來勉勵孩子。
（一九六八年英華中七生參觀崇基校園，最左為陳老師伉儷。）

姜白石的〈揚州慢〉

（筆名）葉鳳溪

　　淮左名都，竹西佳處，解鞍少駐初程。過春風十里，盡薺麥青青。自胡馬窺江去後，廢池喬木，猶厭言兵。漸黃昏，清角吹寒，都在空城。

　　杜郎俊賞，算而今重到須驚。縱豆蔻詞工，青樓夢好，難賦深情。二十四橋仍在，波心蕩，冷月無聲。念橋邊紅藥，年年知為誰生。

　　〈揚州慢〉一詞，是姜夔早年的作品；全篇煉字精練，音節諧婉；於寥寥九十八字之中，寓意深遠，寄託無窮；其組織謹嚴，又無質實凝澀之病，極清空無迹之致，實不愧為詞中極品。

　　本詞作於孝宗淳熙三年（一一七六年），距金兵南侵（一一六一年）已十五年，去符離之敗（一一六三年）亦經十有三載。然而揚州城仍是一片敗瓦殘垣，荒涼極目。一個流浪天涯的詞人，於行役之際，想着過春風十里之後，便可看見這繁華的名都。然而在幻想破滅之後，我們的詞人看見些甚麼呢？在這「望中猶記，烽火揚州路」底形式的傷感之中，《詩品》所謂

「骨橫於朔野，魂逐乎飛蓬」及李白〈戰城南〉中「匈奴以殺戮為耕作，古來唯見白骨黃沙田」，直接以白骨黃沙反映殺戮之慘，是一個境界；於今但見青青薺麥，喬木廢池，這「城春草木深」的意象，又是另一個境界。李白曾有〈越中覽古〉詩：「宮女如花滿春殿，只今唯有鷓鴣飛。」我想最是令人難堪的寂寞，乃是以極目無人烟的蒼涼來反映個人的孤獨感，於是本詞的揚州是如此，而孔尚任《桃花扇》的劫後金陵亦如此。這雪後蕪城，廬舍為墟，便只有無人愛惜的廢池喬木，在「春風」吹暖之中，痛心於兵禍。正是物猶如此，人何以堪？詞人內心的深處一定會這樣想：老百姓的要求是甚麼？就只是不要再提這個「兵」字了，沒有收復山河的壯志，沒有驅除胡虜的雄心，就只讓我們略延殘命，無疾而終。於是當這位詞人觸景傷情，沉吟往復之際，冉冉斜陽便送來黃昏，遠處的號角一陣陣，一聲聲，清澈而又悲涼，吹滿了孤寂的空城，也吹寒了詞人的心。在孤城的極靜之境，飄來清角的動蕩之聲，一靜一動之間，更襯托了白石的心靈。「自胡馬窺江去後」，十多年來，南宋的小朝廷臨安歌舞，酖毒山川，竟以空城禦邊，不思守土。邊境之民的生命，又豈不賤同草木？於是睹物而興情，聽聲而思動，而就在動與靜底交相激盪之中，「清角吹寒，都在空城」便歸結於情景交融的極致。

後一闋詞姜夔採杜牧詩意，憶昔傷今，不盡欷歔。白石落魄江湖，輒以杜牧自喻，例如他的「鷓鴣天十六夜出」云「東風歷歷紅樓下，誰識三生杜牧之」，即說明了白石的這種意向。一覺十年，青樓夢好的杜牧，見慣的揚州是唐代的錦繡名城，

如今重到，其「驚」當然是不問可知；縱然有天賦奇才，生花妙筆，縱然重溫昔時艷事，但是對着這殘破景象，恐難再有逸興來描寫兒女的戀情了。冷月、無聲、二十四橋，是寂靜的環境，波心的蕩漾是動，這在靜中的動，似是道出了繁華衰歇、觸目傷懷的悲涼情調，這與鮑照〈蕪城賦〉中的「東都妙姬，南國麗人，蕙心紈質，玉貌絳唇，莫不埋魂幽石，委骨窮塵」同一意境，不過鮑照用實寫，白石用虛筆，虛實雖不同，而哀傷之情，則無二致。杜甫〈哀江頭〉云：「江頭宮殿鎖千門，細柳新蒲為誰綠。」則白石以「念橋邊紅藥，年年知為誰生」來刻劃寂寞空城，蕭條無人的亂後景象，顯然頗受杜詩影響。而「橋邊紅藥」既襯托景物的荒涼，又屬自傷一己的流落。杜牧雖風流不羈，然論政議兵，每切中時弊，故唐震亨《唐詩叢談》亦謂其「感慨時事，條畫率中機宜，居然具宰相作略」，然一生浮沉郎署，于役遠郡，終不見用；則白石以杜牧自比，又豈偶然？蓋高才不用，古今皆如此。所以宋翔鳳說他：「流落江湖，不忘君國。皆借託比興，於長短句寄之。」於此亦可見白石的心境了。

綜觀全篇，從章法言，〈揚州慢〉由始至終，脈絡分明，通首從薺麥、廢池、喬木、清角、冷月及紅藥等景物來體現作者暗傷揚州殘破的情意。上下兩闋，則採用撫今思昔、景中見情的對比方式來襯托描寫。再從句法言，詞中有用擬人句，乃是以物擬人，使無情之物，賦以豐富的感情，如「廢池喬木，猶厭言兵」；又有透過詞句來表示哀痛之極的內心活動，即如「縱豆蔻詞工，青樓夢好，難賦深情」。而這首詞的特色是多用對比來加強對讀者的感染力，字裏行間，充滿着豐富的想像力量。

其中有用古事比今事，乃是以想像中歷史上揚州的繁華，來和目前揚州的一片殘破相比；又有用昔人比今事，乃是以想像中杜牧的風流俊賞，來和自己的解鞍沉吟相比；又有以昔景比今景，乃是以想像中春風十里的名城揚州，來和今日的青青薺麥和廢池喬木相比；從而我們彷彿見到在春日的一個黃昏，這位路過維揚的年輕詞人，漫步於這寂寞空城，見滿目荒涼，因而歎息敵人蹂躪之深，同情百姓遭遇之慘，痛心邊境守備之疏，更結合了自身流落之悲而發出了感慨極深的家國之恨，韻味深長，意境無盡，如此藝術手腕，不只值得我們欣賞和感受，而且更值得我們小心學習。

＊《中國學生周報》，第八七〇期，中華民國五十八年（一九六九年）三月二十一日。

（編者按：譚福基晚年專注研究姜白石情詞，著《蝴蝶一生花裏》，其治學歷程有迹可尋矣。）

談談中學畢業生的出路

(筆名) 葉鳳溪

　　學生周報第八八八期，刊出了一篇關於文法中學畢業生在工業界出路問題的座談會的記錄。我覺得其中有兩段說話非常重要，很值得各位同學仔細研究。那兩段說話，其一是關國鎦同學說的「我們讀完五年中學找事做，都希望有相當薪金的職位，或者將所學以致用。但當我們一踏入工廠，發覺一個完全沒有讀過書的人和一個中學五年級畢業生所受的對待，完全一樣，五年所學，完全沒有用，這對一中學畢業生來說，真是十分神傷。」其二則是關永圻同學所說的「在大處看來，栽培一個中學生出來，費用不少，不止父母的，還有政府津貼，教育司署補助，公民稅項，這都連繫着整個社會。而中學生畢業生去做一些不需要我們學識的工作，這點看來，是不是很不經濟？既然我們的工作與五年所學無關，為何我們不索性不讀，而直接進入社會謀生？所以從社會的經濟來看，中學生到工廠做是不應該的。因為這浪費了整個社會的金錢。」是的，近年基於社會的需要，中學畢業生投身工業界的日有增多，而如果我們有經常留意他們的言論的話，我們便可以感覺出他們那種無可奈何的心情。上述的兩段說話，更可以說是概括地道盡了他們的心聲

了。但我很遺憾地覺得，必須指出這兩段說話所包含的概念非常淺薄，而更不幸的是兩位關同學的說話又確有很大的代表性。

從關國鎦同學的講話，我可以提出下列的問題：（一）畢業生所指的相當薪金，大概是指哪一個數字？（二）同學們認為要參加何種工作，方屬學以致用？（三）一個完全沒有讀過書的人和一個中學畢業生所受到的對待，應有甚麼不同？

現在一般中學生所得的待遇公價是三百元，當然如果你有幸得入政府機構工作，三級文員的代價是四三二元，其他的銀行或正正當當的商行也可能在試用期給你四百元，正式錄用時給你五百元。可是僧多粥少，要得到這些職位，大致仍得靠你的真才實學，其他要視乎你的機緣和運數，而且我們也不要忘記很多預科畢業生都肯「降格」來爭這些有「相當薪金」的職位呢。此外，初出茅廬的學生沒有工作經驗，亦時常給僱主壓低酬勞。因此，就我所見所聞而言，中學畢業的同學於工作時所得的薪酬，總是高過三百元的極少，而低過三百元的極多。三百元這數字，原就算投身工業，亦可以達到了。其次，中學生參加哪種工作，方屬學以致用呢？我深覺五年的中學教育，並沒有準確地使同學們學會了應付何種職業。我們入銀行界、政府機構、商業界，和其他一切屬於白領的工作，我們都需要接受另外一套嶄新的學問。我想如果我們還沒有丟了在中學時的講義，那麼教師這項工作大概是最為學以致用吧？然而幹這春風化雨之事，又豈能這等容易？夫登壇作法，唸唸有詞，並非難事；但如何使莘莘學子們化性起偽，認識那外聖內王之道，這便常要使有良心的教師們嘔心瀝血了。總而言之，不論

白領藍領，其色素雖異，其並不「學以致用」則一。最後，我想同學之不願加入藍領，主要都是心理上的問題。但是為甚麼一個中學生一定要比一個沒有書讀的人受到較優的待遇呢？我們絕不可認為捐上了「中學生」或「大學生」的招牌，便必要受到別人的欽仰和尊敬。我們這個社會，講的是「各盡所能，各取所值」，我們得到的待遇，是跟隨着我們能力的表現而變遷，但並不依據着我們學歷；因此，在沒有工作表現之前，在做着同一工作的中學生和一個文盲，他們的待遇，便應該是相等的。

今時今日，我深信極大部分的中學畢業同學，都不願意走進工廠，因為在他們的心目中，中學五年的代價，須是空氣調節的寫字間，漂亮整潔的衣服，悠閒的工作與及令人羨慕的職業。然而大勢所趨，投身工業的同學終是愈來愈多。在這種情形之下，我們便須要提出關永圻同學所說的問題：中學生參加工業，是不是一種浪費？關同學的答案是肯定的，而我卻認為未必需如此。一個人生於世上，除了學習技能，貢獻社會，以求生存的條件之外，他還須要基本地認識這個他處身的世界，才可免於與這個時代脫節。文法中學正是供給同學們這些基本的知識，而運用之妙，那全視乎個人的聰明才智了。一個全沒有機會受到教育的人，他對這世界的過去未來一無所知，對國際局勢並無基本的概念，對大自然的現象感到困惑迷惘，對自己的一些切身問題，與乎其他的謠言虛語，他缺乏了判斷是非的能力，空自庸人自擾；而為着缺乏了這些基本常識，他在學習和自修的時候，通常便比不上其他受過教育的工人；於是他很可能便庸碌一生，潛能無所發揮。我們縱觀世界各國，

其富強康樂者，莫不有賴於國民教育的普及。不說美加二國人民多有學士銜頭，就是英法德等國工人，亦鮮有未完成中等教育的。因此，如果我們的教育制度能夠製造出一批善良公民的話，那不論他們是進入工廠，或是寫字樓，這都全無浪費可言。我深信以知識為本，輔之以生活體驗，與乎潛心覃思，人之智慧，自會相應提升。而使一地之公民有識能思，則這個社會自能一日千里。

我想我們尋找職業，須以興趣為先，否則只能始而工作散漫，怨天尤人，終至一事無成。無疑地，在工廠做事時常要流血流汗，勞力辛苦；但是做文員的亦可以抱怨工作刻板，薪金微薄。我想同學們找工作的時候，所注意的應是了解自己的興趣和能力，所懷抱的應是敬業與樂業的精神，然後我們從工作中尋求實際經驗，在工餘力求進修該行業的專門知識。或許我們找到的工作並不合意，那我們可以培養自己對這工作的興趣，培養不來，就在餘暇研究自己所喜愛的專門學問，但教你有真才實學，又何懼於不能出人頭地？只要你工作能力強，做事負責，不斷進修，則不論藍領白領，莫不殊途同歸。一般的成功有路，只是成功非易，我們看古往今來的成功人物，都需有能人所不能的毅力和才力。《周易》乾卦有謂，「天行健，君子以自強不息」，勇於奮鬥，鍥而不捨的精神，正是我輩青年人的應有本色。若謂借着一紙文憑，便理應受到不同的待遇，一帆風順，無災無難到公卿，那真是值得再三反省了。

＊《中國學生周報》，第八九三期，中華民國五十八年（一九六九年）八月二十九日。

《聊齋》裏的鬼狐

（筆名）葉鳳溪

《聊齋誌異》所記的，都是些怪異的、不為人類知識所接受的事。這本書所包含的短篇小說，最多是關於狐的，其次是關於鬼的，再餘便是一些得道的高僧術士點化世人與及人海之間一些不可思議的怪談了。

在一般人的印象裏，神仙是好的，可親近和值得崇敬的；而鬼怪妖物，則是壞的，害人的，而且是陰狠可怖的。這個觀念，可說古今中外，都是如此。可是在《聊齋》的故事裏，狐和鬼給人的印象，卻並不是這樣。

怪物給人可怖的印象當在兩方面：其一，怪物的外在形貌猙獰恐怖，使人震驚；其二，怪物的行為陰狠兇惡，法力無邊，使人不可避免的受其傷害。如若今有物焉，其貌不能嚇人，其行亦不足以駭眾，則雖生於怪誕之中，也是不能使人感到害怕的。

而《聊齋》裏的狐怪，獨多是女子，而且是漂亮的女子。如《聊齋》的作者蒲松齡形容嬌娜「年約十三四，嬌波流慧，細柳生姿」（卷一、嬌娜），形容青鳳是「弱態生嬌，秋波流慧，人間無其麗也」（卷一、青鳳），甚至是未成年的女狐，「年可

十二三，雛髮未燥」，亦已經「豔媚入骨」（卷五、狐夢），如此尤物，又怎能使人覺得可怕？

而狐妖之雄性者，亦殊覺俊雅，丰采甚盛。其他如狐女之父母姐妹，莫不若神仙中人，形貌得體。外貌醜惡嚇人的狐妖，在《聊齋》裏直如鳳毛麟角。

那麼狐妖又有甚麼惡行呢？在《聊齋》裏，行惡的狐物佔了很小的比例，而故事中的主人翁因得狐怪之助，能夠趨吉避凶，否極泰來者，卻是所在多有。如平原王生性懶，貧賤無所依，時與妻牛衣對泣；後偶遇其祖所狎之狐，賴其開導而得以致富（卷一、王成）。又廣平馮生家破人亡，亦賴狐女之力而再興宗祧（卷二、紅玉）。其他相夫教子，善待翁姑的狐女，在《聊齋》裏是不勝舉的。

然而狐女也有害人的事。如泰山尚生惑於狐，狐妖的妹妹對他說：「阿姊很毒，業殺三人矣。惑之無不斃者。」後來各狐終為一陝人所收（卷二、胡四姐）。這個尚生耽於女色，本是死有餘辜，能夠得命是一件很幸運的事。《聊齋》卷二所載的董生則沒有這麼幸運了，他受狐女所惑，旦旦而伐，終於虛脫至死，其魂與狐在冥府對質，冥府的法曹亦謂董生「見色而動，死當其罪」（卷二、董生）。可是那隻害人的狐妖也是沒有好下場的。原來董生死後，狐妖再惑董生的友人王生，王生得董生鬼魂所助而脫死滅狐。然而何以王生貪色而能免一死呢？作者假狐之口，謂其「福澤良厚」。則在《聊齋》之中，很多人受狐惑而死，亦有很多人受狐惑而垂手得美妻良田，一朝富貴，這只能歸究於福厚福薄這個問題了。

有些狐是可愛的，而且很講道理。濱州一秀才與狐叟交往，請其作法謀財，叟怒曰：「我本與君文字交，不謀與君作賊，便如秀才意，只合尋梁上君交好得，老夫不能承命。」遂拂衣去（卷四、雨錢）。又九江伊生祟於狐，形體支離，其父與之同寢，狐曰：「世俗符咒，何能制我？然俱有倫理，豈有對翁行淫者。」於是乃絕（卷十一、狐女）。卷八醜狐一節，又記載了下列這個故事：

> 穆生，長沙人。家清貧，冬無絮衣。一夕，枯坐，有女子入，衣服炫麗而顏色黑醜，笑曰：「得毋寒乎？」生驚問之，曰：「我狐仙也，憐君枯寂，聊與共溫冷榻耳。」生懼其狐，而厭其醜，大號。女以元寶置几上，曰：「若相諧好，以此相贈。」生悅而從之。

後來穆生以狐贈漸富，又心厭其醜，絕之，醜狐以其背德負心，追還贈物。狐叟之不肯助秀才斂財，狐女之不肯對翁行淫，醜狐之不肯逼姦穆生，以金錢市樂，這都是狐妖具有理性的表現。

綜而言之，狐的外貌既不可怕，甚至是非常美麗的。牠們多數與人為友，而且作惡的最大本領，亦不過是靠房中之術耳。若夫耽於色，至身羸體弱，一命嗚呼者，是自取甚禍，與人無尤；若能心如止水，坐懷不亂，則直可視狐祟如無物；或而天賦異稟者，則更具伏狐之本領焉（參看卷三、伏狐）。

和狐一樣，《聊齋》中的鬼物也是以女性為主，而這些女鬼

也是非常美麗的,她們也沒有力量隨便害人。卷二〈聶小倩〉一節所記的女鬼聶小倩,受山妖所逼,時出害人,她自己說:「狎昵我者,隱以錐刺其足,彼即茫若迷,因攝血以供妖飲。又惑以金,非金也,乃羅剎鬼骨,留之,能截取人心肝。」但是對着如故事中主人寧采臣這一類人,拒色絕財,則聶小倩雖稱豔絕,亦無所施其技了。好色的人,受狐惑而死,亦可受鬼祟而歿。太原王生狎女鬼,為道士所滅,王生亦亡,卒得其妻受盡屈辱,倩異人救之。假若王生不是愛人之色而漁之,其妻亦無須受辱了(卷一、畫皮)。由此可見,如果不是被害者有錯失,鬼是不能隨便害人的。又卷二林四娘一節記載有女鬼「豔絕」、「長袖宮裝」、「談詞風雅」、「剖悉宮商」、「工於度曲」,「又每與公(青州陳寶鑰)評騭詩詞,瑕輒疵之,至好句則曼聲嬌吟,意緒風流,使人忘倦」,既能夜待枕席,又工詩製曲,如此女鬼,簡直是人見人愛了。

　　總括而言,《聊齋》所記,以狐女和女鬼佔了最多。她們憑藉着美貌來惑人,可見她們害人的力量極有限,否則可以不須借助人類好色的弱點。而故事中的男角又多數是好色的,而且得一想二,來者不拒,福薄者因好色而死,福厚者則擁狐抱鬼(如卷二蓮香、巧娘),享盡齊人之福。由此可見,《聊齋》雖集古典怪誕短篇之大成,猶不敢觸犯中國社會上男權中心的傳統,而且在作者心中,人、鬼、狐三者之比較,還是人的地位和力量大得多。

*《中國學生周報》,第九二九期,中華民國五十九年(一九七〇年)五月八日。

春夜

（筆名）葉鳳溪

又接到你的信，我小心的讀過一遍。你說：「還記得那個春夜嗎？」

我輕輕的抬起頭來，透過簾影的間隙，窗外，三月的夜，是罕見的清明，只是暗暗的，卻總帶一點寒意。

「還記得那個春夜嗎？」我靜靜地思索着，就似有一點兒不適意浸上心頭；不過，衝動已成過去了。這一夜，雲開霧散，一輪明月，掛在天邊；而在那明月之旁，卻有一顆孤單的大星。那同樣的月，同樣的星，曾經照着一條細而長的小石路，它曲折逶迤，經過一處小村莊。在村後的松崗上，營火高高地燒起。而我在小型公共汽車上，前路是黑沉沉的，無盡的原野在不住的向後倒退，我在黑暗之中，卻想像着，在某處的松崗，有營火高高地燒起。

你在那營火之旁。松樹稀疏的散在四周。黃黃的月亮，看着我們在一起。月亮之旁，有一顆特別光明的星星，就像透過天幕的一隻眼睛。很偶然地，我想起了卞之琳的兩句詩：

> 想獨上高樓讀一遍《羅馬衰亡史》，
> 忽有羅馬滅亡星出現在報上。

報紙落地圖開，因想起遠人的囑咐，
寄來的風景也暮色蒼茫了。

「光陰者，百代之過客。」李白如是說。距離地球一千五百光年的星星，在羅馬帝國傾覆之時爆炸，它的光要到現在才傳到地球；設若在同一距離的另一個星體生物正在通過儀器窺視我們，則他所看到的，亦不過是羅馬的盛況而已。或許，在千百年後，他會看到你和我，走在這條細而長的小石路上，披着月亮和星星。

「如果這條長長的路，能夠永遠走不完……」我輕輕的道。

「會嗎？」你說。

我無端地笑起來，這一切，到現在已經是如真似幻，我彷彿是在偷看一個陌生人的日記。

窗外，還是舊時月色。那月亮之旁，有一顆特別光明的星星。或許，在那星星之上，正有一位不可知的朋友，將會在千百年後，笑我捧信沉吟；而他卻不知道我正在想像到我和你，雖是參商遠隔，卻在共看明月，因而得到一點滿足。而這一點滿足，就替我的心扉，帶來了一點微微的暖意，在這一個寂寥的春夜。

*《中國學生周報》，第一〇三三期，中華民國六十一年（一九七二年）五月五日。

（編者按：譚福基作品刊登於《中國學生周報》，這是最後一篇，時年二十三。前後六年間寫就二十二篇，並不多產，然而才氣之早熟圓融則令人刮目。其中寫於英華年代者共十五篇。）

最憶牛津道上的英華

導讀

六十年代的香港大學，瀰漫精英主義與貴族氣息，莘莘學子，不耍出一套招式純熟的劍法，休想闖入這高高的山城這窄窄的門牆。

一介旺角街童，天真浪蕩，「人小機靈」，滴溜溜一轉就轉往英華書院，從弼街舊舍再轉到牛津道新校。牛津道位於九龍塘，地段幽雅而矜貴，政府將之規畫為校園區，共七間中學，一路上書香如縷，弦歌不絕。英華校舍平實，規模不大，學生要有打出木人巷的志氣才能出頭。

校園裏，他有幸遇到一生感念的良師益友⋯⋯

本來「抗拒管束，喧嘩躁動」「rumbustious」的孩子，在校風淳樸管教嚴謹的氛圍下，淬煉得沉實盡責。改寫了孩子一生命運的兩位恩師，是艾禮士校長（Mr. Terence Ivor Iles）與崇基狀元陳耀南副校長。他倆雙劍合璧，授以武藝教以心法，課之訓之操之，然後胸有成竹地把孩子送往光明頂的英雄大會，讓他們在日光之下，與各路人馬比試武功，決一高下。結果高考放榜，「中文一科當年全港三十一個A，我們獨取九個，並有相當的B和C。靠這個

成績，我班很多同學考入了香港大學！」（〈云誰之思？西方美人！〉，二〇一七年）陳老師年紀輕教齡淺，他們是第一代預科學生，任教期間一直延續彪炳戰績。新劍出鞘，寶光凜凜，威震武林。一班三十多人，共二十多個考入港大，為英華創下輝煌的一頁。

中文摘Ａ名單上，包括了留長頭髮唱歐西流行曲的飛仔歌手許冠傑，至今猶為人驚奇而樂道。而旺角街童，隨着耀南師磨劍四載，會考高考，果然過五關斬六將，應驗了老師認為必然奪Ａ的預言，考進夢想中的中文系，可謂一場造化。

謝師宴後，英華孩子，連群結隊，載奔載欣，攀上般含道巍巍然的梯級煌煌然的大學。

多年後，回憶舊事，景物依稀──「牛津道，再訪太子道兩旁的樹木，天主堂前的聖者和聖嬰，瑪利諾向東的紅牆，迎風搖曳的翠竹，和獅子山後低低的雲……。」到恩師──「自幸親炙兩位賢師的薰陶，算是站在巨人的肩上前望。」「我感受到他們火熱的人格魅力，這種火熱源於他們的信仰。」論及師生互動──「而回想當年的我們，淳樸機靈，亦非庸懶之輩；受到賢師的耳提面命，我們舉足登山，揚帆出海；三星互曜，於是和兩位賢師共同成就了如佛家所謂的好一段因緣。」（〈云誰之思？西方美人！〉）

這一章有五篇文章，凝聚了這孩子對母校英華的孺慕之情、感激之意。其中〈二八年華〉要說明一下，當年艾校長憂慮預科學生闖不過英文這一關，乃御駕親征，天天

補課。孩子進了港大後，把校長當年給他們讀的一篇小
説，翻譯為〈二八年華〉，投稿到《銀燈日報》副刊，那是
一份報道娛樂圈花絮的報紙。小説篇幅不短，編輯將之分
數天來連載，他也掙了一筆稿費，為有志翰墨的窮學生而
言，實在是莫大鼓舞。

　英華，把孩子砥礪得下盤紮實，拳腳有力，顯然是少
林功夫；磨練得身手輕敏，劍招綿密，大有武當風貌。

　這孩子負劍下山，朝着盛唐兩宋遠去。

參加「麗的電視」
校際討論比賽記

　　早在聖誕節之前，陳耀南老師已經向我班（L6A）同學講及參加「麗的呼聲」中文電視台舉辦的校際討論比賽，問我們有沒有興趣；當時同學們的反應不大熱烈，而這件事便擱下了。

　　然而有一日小息奉召入見陳老師，正摸不着頭腦之際，幾位同學赫然在目，原來余均灼老師已經在十二月二十日下午五時半代表我校出席了電視台的籌備會議，原則上我校決定參加這個粵語的校際討論比賽。我校代表由余均灼老師出任領隊，正選隊員是歐陽伯熊、陳慶之、陶永強、譚福基；後備則有伍漢明和陳啓猷兩位。正選之中歐陽、陳、陶三位皆我班演講比賽之得獎人馬，俱口若懸河之輩，唯在下則張口結舌，不知所云者，今竟得忝陪末座，實屬汗顏之至。

　　閒話表過。且說我校定於一九六七年一月八日出賽，對手是金文泰中學和天主教培聖中學，題目是「論學校教育與家庭教育孰輕孰重」，我們雖只有一周時間排練，不過終能進入複賽。

　　一月七日，星期六，全部隊員在上午回校大大的排演一回，我們都滿有信心的，而且即席定下出賽大計，乃「賽前聚餐，賽後晚飯」是也，余老師笑而應允，不過我們親密的領隊私底下有無心驚肉跳，則不得而知。

八日下午六時正，直奔六國，各有關人等皆在座，獨缺余老師，這一下子可乖乖不得了。後來幾經研究，才知六國有兩道門者，原來余老師早已悠然據案。

飽餐一頓，一行人等遂直撲麗的大廈；途次門口，余老師要為我們拍照留念，一時行人走避，擾擾攘攘，甚為開心。

茲有一事可記者，我們到達播影室不久，校長赫然光臨捧場。各校代表於初賽中而能有校長臨場打氣者，則除英華之外，別無二家！

話休絮煩。當晚比賽於七時半後開始，第一隊金文泰，採二男二女制，那兩位女孩子似甚為興奮，故出語甚快，更且手舞足蹈，而第二隊之培聖亦有同感，故我校終能以內容充實，斯文淡定取勝，得入複賽周。

賽後我們跟在場的任何人握手道別，英華同學風度之佳，一時無兩。後來又和培聖的同學們在電視台的飯堂內聯絡友誼，直到過了九時才去吃晚飯，席間我們又吃又説，只難為嘴巴的過度運動了。那晚，很高興。

此後我們直到三月十二日才是出賽日期，討論題目是「中學生應否參加影迷俱樂部」。如果過了這關，我們便是坐季望冠了。因此，我們一點時間也不要浪費，討論稿修改了很多次，余老師更帶了一個錄音機來，將我們每次綵排時所説的內容都錄下來，聽聽還有沒有需要改進的地方，陳耀南老師和何老師都給過我們寶貴的意見。三月十二日，下午六時，六國。我遲了一點兒，喜見高朋滿座——陳耀南老師和他的朋友，何老師和她的妹妹都給我們捧場來了。席間有女士在座，慶之伯熊

二君大見活躍，談笑風生，使人如沐春風焉；陳老師亦不甘後人，時有佳句，於是笑聲盈耳。若論座上各人「欲語無言」程度，余老師應得冠軍，在下則緊躡於後，輸少少耳。

閒話休提。比賽在七時半開始，第一隊伊利沙伯中學，第二隊英華書院，第三隊聖瑪加利書院，五位評判員出齊，虎視眈眈，好緊張也。伊校採一后三王制，其「后」演出精彩，容宜燕老先生大讚之，認為值得大書特書云云；聖瑪加利出四公主，大概女孩子對座談有的是天才，其合作精神傲視同儕，而且內容充實，故終得決賽權。回頭再說英華同學，固君子也，既云君子之交淡如水，亦有泰山崩於前而色不變之能，於是討論起來，神色漠然，木無表情，形同朗誦；然而君子之風大盛，故終博得容老先生一句「英華書院大致都幾好」而歸。

當晚賽後，英華同學再次表現了君子風度，在播影室中跟我們握過手的人，只怕數不在少。

擾攘一番，一行十數人直奔英京，余老師可損失慘重矣！

＊ 一九六七年，英華書院校刊。

（編者按：六國、英京，飯店也。麗的呼聲是英國的麗的呼聲（Rediffusion）於香港開設的分公司，一九四九年成立，為香港首家商營電台及第一家電視台。）

二八年華

今年開始，我已經十六歲啦。

堂堂十六歲的人，看來算得是一個男子漢了；開始希望結交一個女孩子，看來也是一件天公地道的事情。

然而千錯萬錯，第一錯在我入了一間「和尚」學校；第二錯在生性太容易臉紅，臉一紅，口吃毛病便接踵而來，於是一句話在五分鐘內也不能說得明白清楚。此外，說起來怪可憐，媽咪一早便去世了。我親戚也沒有幾個，爸一早出門，很晚才回來；每日我在家見到的人，便只有我家的工人三姐。

據說這位三姐，我是由她養大的。我有時也和同學們對女人這種動物加以討論，不過……。

第一個「正正經經」和我討論女人的對手，卻是一位牧師。

這位牧師本來是我的三房客，我的家坐落在東大街十二號。這裏平時冷冷清清，因為離市區頗遠，只要街尾那間基督教小學不放那些小東西出來，這條路倒是很靜的。

我們的房子就是街頭那座兩層樓的建築物。那位牧師來的時候，我看他的模樣倒還俊美，於是很奇怪他為甚麼還是單身一人。我想他或許是天主教的，後來他告訴我不是。

「基督教的牧師是可以結婚的！為甚麼你三十幾歲也不要老婆？」

「嗯，女人！碰不得，碰不得……」

我看他必然是曾經吃了女人大大的虧，他拿了《聖經》出來，引經據典地大談那套女人禍水論。

「上帝造人出來，本來是要他們好好地在伊甸園生活。後來給上帝趕了出來，追源禍始，還不是夏娃害了我們！大衛和所羅門是何等英雄，極得上帝的喜愛；後來惹得上帝震怒，這還不是女人給他們闖的禍……。」

於是他滔滔不絕地說下去，而我不懂《聖經》，只有對着他乾瞪眼。

後來他死了，據說是得了甚麼癌症。我為了他，着實哭過幾場。除了他向我說教及說女人壞話之外，他實在是一個大大的好人。他遺囑將所有的錢都捐給了慈善機關，將屋裏的傢俬給了他的姐姐；而我也得了他一大堆書，雖然又舊又霉，然而，其中着實有很多現在已買不到的名著。

逐漸日短夜長，冬天悄沒聲息地降臨大地，黃昏時街上有霧。吃過飯，一個人在家多無聊，於是我便常常和鄰近的孩子們玩在一起。天空的淡紫色慢慢變成了一片灰黑，我們的人影漸漸地模糊起來。街上有點兒冷風，路燈映着微弱的光，我們笑罵的聲音就在靜靜的街道上迴響。

我們玩的都是一些追逐的遊戲，若不是警匪大戰，便是紅番和俠客的鬥爭。當然，我如果做不成大警長，也必定是小紅番們的領袖。於是每晚我在街上呼來喝去，好不威風！我一見到爸從街角轉出來，我們便躲到陰暗的地方，直到他進了屋裏。

我們再玩多一會，馬健的姐姐便準要出門來找他回家洗

澡。我們便躲起來看着她在街上走來走去，後來她便站在家門前的石級上等着。我們就從躲藏的地方走出來，馬健總要跟她鬧一回才肯進屋。而我就倚着小花園的籬笆看她。燈光從半開的門內透出來，勾劃出了她底豐滿的胴體，透過衣衫而顯現出來的黑影，神秘得不可捉摸。她輕輕地搖動着身體，衣裙飄飄，而她一頭的柔髮便蕩來蕩去。

　　於是不知從那個時候開始，每天早晨我都要伏在二樓露台上的欄杆，看着她的門口。當我一看見她出現，心便急急的跳動起來。而我衝入房，拿起書，便奔下街上去跟着她。我們就一前一後地走着，看着她娉娉婷婷的在我的前方，我的眼睛一刻也不能離開她的背影。我的手心滿是汗，一直到了校門，我才依依不捨地離開了她。每朝的情形都是一樣，除了點點頭或者道聲「早晨」之外，我們再沒有說過甚麼話，我也不知道她的名字。

　　以後，她的倩影便留在我的腦子裏。就算在一些最不羅曼蒂克的地方，我也時常要想起她來。她的名字是瑪莉、珍妮、康妮、安妮……？甚麼名字才能適當地形容美麗的她呢？我真的痛恨自己，為甚麼我一見到她便雙腳發軟，緊張得話也說不出來。也不知今生有沒有機會向她說上一、二句話，傾訴一下。

　　她是這樣的困擾着我，然而當我在煩悶的時候，只要一想起她，我便會拋開一切。我就是七絃琴，而她的音容笑貌便彷彿是琴絃上的手指，一想起她，甜甜蜜蜜的感覺就浮上心頭……。

　　好幾晚，我翻來覆去的睡不着。一覺醒來，時候已經不早

了。這天，我才要吃早餐時，卻一眼瞥見她走到街上；於是我趕忙拿起書，奔下樓梯。

「快下雨啦，要傘不要？」

「不要不要！」我一面叫着，一面衝到街上。

我想老天爺好沒道理，當我轉過街角，雨果然便灑將下來。我只能一面怨天，一面低頭疾走，不意卻在轉角處碰到一個人的身上。我一看，那人竟是她，不禁大驚後退，這回該死得很了。

「你不是馬健的小朋友？」

我的臉看來更紅了，為甚麼她會認為我是馬健的「小」朋友。

「是，是啊！不，不過我是馬……馬健的朋友，不，不是小……朋友！」真要命，我的口吃病又來了。

「是嗎？嗯，為甚麼你的臉這麼紅？」

「……」我答不出甚麼來，而我的臉孔更紅。

「好啦好啦，看你的頭髮也濕了，我遮你回學校吧。」

我又驚又喜，就走在她的旁邊。她的身體似乎發出一份熱力，我的心像要從我的口腔裏跳出來，我緊張而又輕飄飄地走着，怕碰着了這位神聖不可侵犯的女神！

不久之後，她又再次和我說話；我的情緒混亂得簡直不知道怎樣回答她。她問我去不去周末在聖母堂舉行的賣物會？

她一面說話，一面將手腕上的銀鍊兒轉來轉去。她不能去，她說，因為那晚她在女青年會裏有事情要做。這時她的兄弟正和兩個小孩在街上追逐，而我卻孤獨地倚着小花園籬笆。

她拿起一叢花兒，頭放得低低地向着我。從對門透出來的燈光，輕輕灑在她底柔白的頸項上，彷彿刻上一個彎彎的光圈，又照亮了那如雪地伏在她底肩上的頭髮，再染白了她底放在籬笆上的纖纖素手。柔光就照着了她一半的身體，在她短裙的邊上鑲了金色，而恰好顯現了她底悠閒的神態。

「你去嗎？」

「如果我……我去，我……我回來帶……帶些東……東西給你。」

在以後的日子裏，我時常顯得心神不屬。我開始抱怨學校給我太多的功課，朝早在班上，夜晚在家裏，我一打開書本便只能見到她的影子。這一日我在班裏答了少數問題，老師本來是相當愉快的臉色漸漸變得嚴肅起來，他希望我不要趨於懶散。不過我實在不能夠集中精神來做任何事情，我只是不住地想：我應該買些甚麼東西給她？

我回家吃完飯，爸還不曾回來。我在窗前望出去，看見我的小朋友在街上玩耍；他們的叫聲，隱隱約約地傳了進來。我將額頭貼着冰凍的玻璃，看着她住的屋子，我可以就這樣站一個鐘頭。不為甚麼，只是幻想着她站在那兒；想着燈光在她的頸上刻好一個彎彎的光圈，她放在籬笆上的纖纖素手，以及鑲在她裙邊的柔光。

我再走回樓下。到八點多鐘，我便不耐煩地踱着方步，等爸回來。已經很晚啦，我抱怨為甚麼以前不留下一點錢。到九點鐘的時候，我拉着三姐要向她借，她說：「少官，我的錢都放在銀行裏；我一個老婆子在這裏有吃有住，要錢做甚麼？」

到九點多鐘，我才聽見爸開門鎖的聲音。當他在進晚餐的時候，我才請他給錢我去賣物會。他愕了一會，對我說他已經忘了這件事。

「你還要去嗎？人家現在已經上床睡覺了。」他自以為說得很風趣幽默，可是我並沒有笑。

我來到聖母堂中，幾乎所有的攤位都休息了；大部分地方都是一片漆黑。我瑟縮地走到會場中心，不遠處兩個男人正在枱子上算着銅幣。我頹喪地想：我為甚麼會到這裏？我在一個攤位前，看着那裏的瓷質花瓶和花式茶具，主持攤位的那位小姐正和兩位年青紳士在說笑。

那小姐看見我，便過來問我想買點甚麼；那口氣絕沒有鼓勵作用，就似乎她和我講話，只是聊盡她的職責。

以後的黃昏，我還是伏在窗前看着她的家。只是有一天我卻看見一個高高的男子，和她怪親熱的，手拉着手上街。

當然，這一晚我怎能睡着？

以後怎樣也不用說了。我站在窗前，看着她的屋子，時常眼淚就無端地流將下來；而在淚眼模糊中，我不僅看見她的影子，更看見他的影子。

「少官，吃飯啦！」三姐遠遠的在叫。

「沒胃口，不吃啦！」我沒好氣地說。

於是她嚕嚕囌囌的走出飯廳，她和爸的說話便隱約傳進來。

「這幾天少官不知怎麼樣的，儘找我老婆子的不是。」

「嘿，小孩子性情古怪，你就讓他一讓吧！」

這一下我真的着惱，於是怨氣沖天地叫起來：「我十六歲

啦，還説甚麼小孩子的！」

* 一九六九年春，《銀燈日報》。

（編者按：這是一篇翻譯小説。許多年後，譚福基方知道艾禮士校長給他們閱讀的補充教材，出自愛爾蘭文豪喬伊斯（James Joyce）的《阿拉比》（Araby），乃西方成長小説之典範。）

瑞龍吟

二〇〇六年，歲次丙戌。於一九六六年中五畢業之同學，相約夏秋間聚會於加拿大多倫多。四十年彈指即過而傾蓋如故，因步清真韻填〈瑞龍吟〉詞，為諸君記之。

塘津路，
仍有淺笑書聲，
淡雲嘉樹。
依稀樓外遙山，
眼前館舍，
童真托處。

九龍塘牛津道上，仍有淺笑、書聲、淡雲、好樹。遠的獅子山，近的建築物，便是我們少年時寄託之所。

望凝佇，
差似撲簾歸燕，
那年窗戶。
何堪掇玉抽珠，
縛龍探虎，深情對語。

望着母校，自己便仿似一隻歸來的燕子，撲向當年班房的窗戶，聽聽當年班房裏的聲音。我們只是葛洪筆下的淪玉沉珠，老師卻不以為嫌，努力栽培，訓勉我們要立志「探虎穴，縛蛟龍」，此刻回想，真是情何以堪。

四十芳華彈指，
傲狂最憶，
曼歌酣舞。
爭奈壯氣消磨，
塵事多故。
江湖載酒，
猶奮菁英句。
相期許、
善行篤信，
榮神宏步。
俊侶同來去。
分攜例促，
筵生別緒。
青鬢成絲縷。
香海遠，
迢迢麟都池雨。
萍蓬散聚，
一懷紛絮。

四十年彈指即過。少年傲狂，最想的是伴着佳人唱歌跳舞。怎奈在社會上謀生實在不易。但無論如何落魄，仍謹記「濟濟菁英，天降大任」的訓言，而且互相期許，實踐「篤信善行，榮神益人」的校訓，同學們都是這樣進退。畢業四十年後，麟都短會，舊歡如夢如幻，真實的是又促離別和人人都兩鬢如霜。我遠在香港，遙想諸君在麟都話舊的情況，只感到我們都是浮萍和飛蓬，聚散無定，心裏一片紛亂。

＊二〇〇六年，夏秋之間。

牛津道上的孩子們

（筆名）李戈

　　每周都抽時間往書店留連半天，這是我的嗜好，多年如是。眼睛在書架上逡巡，雙手翻檢書籍；書名、作者、目錄，迅速的尋索，快讀其中值得注意的篇章——這是新的研究成果……，這是新的創作；這個新名字寫得並不差……，這本卻是友人的新書啊！那天偶然拿起一本厚五百多頁的《當代歐美詩選》，春風文藝出版社一九八九年七月第一版，來自遙遠的瀋陽市。我瀏覽目錄，竟赫然發現載入了我替《世界現代詩粹》翻譯的英國現代詩人諾曼・麥凱格（Norman MacCaig）的一首詩。這項「錯愛」，我事前一無所知，當下不免驚喜交集。

　　這便是遊書店的樂趣。

　　今天在書架前又有意外之遇——一本薄薄的只有百多頁的袋裝文集，藍色封面，中有兩個顯現溫哥華的高樓大廈的圓形，象徵蜻蜓的複眼。

　　《蜻蜓的複眼——一個海外華人疏落的夢》，作者陶永強。全書收七十一篇短文，是作者由一九八八年四月至一九九〇年二月在《星島日報》溫哥華楓林版撰寫的專欄「辦公室以外」的作品。

七十一篇短文，全書約四萬多字，一口氣便看完。我和永強早已失去聯絡，此永強是否即彼永強？猶幸封底有作者相片，雖然歲月在相中人的面龐上留下嚴峻的刻痕，唯比照記憶裏昔日的輪廓，依稀正是故人。

我站在書架前，細閱故人筆墨。時間輕靈滑過，如冰湖上滑翔的少女，寧靜間牽繫着架前書客，盈盈地滑入維奇、卡普（Vickie Karp）的經驗：

> 山惺忪輾轉　　　　The mountains rise and turn,
> 恍如往事聳起　　　Like the past raising
> 闊大的背脊。　　　Its broad back.

沉睡的往事，逐漸在記憶的背後慢慢甦醒，強撐起惺忪的眼睛，轉動着身子；就像一座大山突然在我的眼前呈現，二十多年前，那些在牛津道上的充滿着少年人鮮活與汗味的時光。

那時的太子道既長且闊，有些路段兩旁都種了樹；由旺角的邊緣開始，直奔向九龍城那一方。路上沒有阻滯眼睛的立交橋，一望空廓；汽車也很少，偶爾才有一、二輛經過。六十年代的孩子們純樸節儉，習慣步行上學。清早，這個南方的城市仍在擦着渴睡的眼睛，路上的大人還是懶洋洋的，我卻已吃過早餐，背起沉重的書包，沿着亞皆老街走向初升的太陽。

步過上海街、彌敦道，身旁便漸漸多了三五成群的學生。然後，我們轉入洗衣街，這時便準會聽得轟隆隆的火車經過，汽笛長鳴，載着一眾更早起的鳥兒離開村野，來到這裏藏修息遊、敦品勵行。此刻連接火車站的斜路仿如一匹奔騰的長河，

新界的孩子們翻湧而下，匯合了城中的同道，一起向學問之途進發。

我們便走在太子道上。兩旁都是些不高的住宅，有圍牆隔開行人道。牆頭探出一枝一枝的濃綠，行人道上樹影婆娑，蹦跳的孩子們踏過從葉影裏篩落的陽光，「沙沙」的風聲響起，樹不時飄下幾點黃穗。走在青青的路上，不一會便到天主堂，堂前左旁有一聖者的塑像靜靜地站着，聖嬰坐在他的肩上；他側頭仰望聖嬰，皺着眉，緊閉着嘴。天主堂後一路畢直斜伸上翠薇，獅子山宛如一隻仍然沉睡的猛獸，山後時而雲煙攏聚，時而一望清明。

告別聖嬰，我們橫過窩打老道，走上斜坡。瑪利諾書院向東的紅牆映着曉光，泛起了一層金色。和煦的風吹來，一旁的修竹輕輕搖動。步過瑪利諾，和一個公眾球場，這裏便是牛津道的迴旋處，有一塊植滿小樹的草地，路中央也種了灌木，兩旁矗立七所中學。趁上課的鐘聲未起，牛津道上聚滿孩子，紅潤的面龐，一件一件雪白的襯衣，閃爍着健康的色彩。我到達校門，通常會遇上陸健鴻和永強，正打招呼之際，便應望見一頭長髮飛揚的許冠傑，騎着他的自行車馳風而來。

每日上課前是早禱會。我們聚在一起，感謝上帝恩賜我們一天的飲食，一天的陽光與空氣，和一天的學習機會。六十年代的香港經濟並不發達，生活困難，我們多歷艱屯，心情畢竟與現在的少年不同；老實說，那時我閉目禱告，心裏竟常常充滿感激！

早禱完結，我們急步走向課室，因為知道班主任陳耀南老

師多數已在坐等我們回來開講。陳老師博聞強識，妙語如珠，講者舉重若輕，聽者亦怡然忘倦；在他的指導下，我們對中文和中史抱有極大信心，但其他科目便不敢恭維了。當時我們的校長是英國人艾禮士先生（Mr. Terence Iles），他一「怒」之下，便親自教我們大英聯邦史和英語，放學後還要補課，往往至五時才放人。我們昏頭昏腦之餘，不免大罵此人非我族類，毫無人性；及高考放榜，班上二十多人考入香港大學，才知師恩深重，和人之好壞與種族無關的道理！

同學之中，健鴻人如其詩，鯁直而憤怒；許冠傑則是一貫的漂亮和善，聰明機敏。有他坐鎮，我們的音樂晚會絕對是牛津道上的盛事，只要他挾着吉他出場，台下便響起怒濤般的喝采聲。至於永強呐，他在書中這樣說：「我由於習慣了主動地負起擦黑板和整理告示板的責任，被同學推舉為學生會的幹事，做了兩年副會長。」（頁一〇四）

這些話說得謙虛，而事實上永強是我們的班長，是真正的「大哥大」，眾人的魯仲連。還是這段話才能道出真相：「父親給我的遺傳因子，使我自出娘胎便是一個寧願自己吃虧也不願意和別人爭吵的人。」（頁四十八）他確然從不口出惡聲，亦絕無惡作劇，而且「勇」於吃虧，因而極能服眾。

高考之後，永強沒有和我們同上大學，便移居加國了。他這樣追憶往事：「記得二十年前，剛由香港移民來到加拿大，在多倫多一所中學讀第十三班，第一天上課，在滿堂金黃頭髮的人海中，起立，聽着播音筒傳出浩浩蕩蕩的加拿大國歌，心中興起一陣茫然、失落不知所措的感覺。在那移民的初期，我有

一段時間曾經很積極地和香港的朋友通信，談了很多有關中國的政治和文學的問題。」（頁七十六）

我也收過永強這些信件。然後是一九六八年的十一月十一日，母校一百五十周年紀念。我重回闊別數月的牛津道，再訪太子道兩旁的樹木，天主堂前的聖者和聖嬰，瑪利諾向東的紅牆，迎風搖曳的翠竹，和獅子山後低低的雲……。

校門的平簷上有電燈泡串起「1818-1968」幾個數目字。碰見幾位比我低一班的同學，他們急不及待的告訴我今早早會時陳耀南老師在中文十項全能比賽圓滿結束後所說的一番話：「現在世界各國仿如在一個大舞台上做着一齣戲，如果我們不能振我大漢之聲，便給人家壓了下去，不能參加演出了。」用九十年代的話來說，便是中國會被開除「球籍」，而陳老師在二十多年前已有這個憂慮了。陳老師繼續說：「我們極需要一批對國學有深厚認識的年青人，將祖國的文化傳給我們的後人。中國文化，絕不能在我們這一代而絕！」

紀念會上艾禮士校長講溝通中西文化，講音樂教育，希望政府供給錢財之外，更要供給人才。主禮嘉賓香港政府的護督說青年人盡力去幫助別人，便可以解決了被他們稱之為「苦悶」的東西。紀念會完結時，學校的弦樂隊奏起「天佑我王」，觀眾肅立，大多數的中國人，奏起英國國歌，送幾個英國人出禮堂。我的心一陣抽搐，腦子裏閃過永強信中的幾句話：「早會之後，場中奏起加拿大國歌。加國青年，是這樣幸福而又嚴肅地端立着。而我只是一個無可奈何地僑居於異地的『中國人』。」

踏出校門已是四點多鐘，各校早已放學，路上冷清清的沒

幾個行人。一陣秋風捲起，黃葉翻飛；大片的烏雲自獅子山後
驀然而至，飄飄地便下起毛毛雨來。我轉下斜坡，踅進太子道
上著名的咖啡屋避雨。店內闃無一人，面向太子道的是一幅落
地大窗，偶然有三兩學生在雨中跑過；我耳聽秋聲，心裏是一
團濃得化不開的落寞。隨意翻檢着才到手的紀念創校一百五十
周年的校刊，內有一個《風雨菁英文錄》，輯錄了我班同學畢
業前繳交的作文家課。我細閱同學的文章，一顆顆年輕純樸的
心，彷彿要燃起天地的正氣，把光明帶向人間。然後，我讀到
陳老師為激勵我們而引述的崇基學院校歌：

濟濟菁英，天降大任，至善勉同赴。

這時，心裏的不適意開始融化，漸覺釋懷，我振衣而起，就離
開咖啡屋，走入細雨之中。

　　經過天主堂前的聖像下，我回望瑪利諾書院，這幾年與
同學們在牛津道上蹦跳的情景，霎時都奔來心底。我深吸一口
氣，自覺鬥志高昂：牛津道就是少林寺，我們受訓多年，合格
畢業，就如少林子弟憑真才實學打出了「木人巷」，翩然下山；
此後世事滄桑，人生變幻，我確信，我們都不會辜負師長的期
望！

　　此際細雨漸收，暮色從四方八面漫染過來，我踏着滿地潤
濕的落葉，大步走向旺角次第亮起的燈火。

　　十八年後，一九八六年夏季，我在美國西雅圖的陸家小住
兩天，健鴻告訴我在北美洲的同學成立了一個美加同學會。

　　「還有其他的學校成立了同學會哩！」他說。

　　我看着這份長長的名單，一個個熟悉的名字，「還有其他學校？」我喃喃自語。這些有學問、有經驗的「濟濟菁英」，來自九龍的牛津道，島上的雲景道，以及其他人文薈萃的學校區，這都是香港經年累月，千辛萬苦培育成材的佳子弟啊！

　　「名單上幾時會加上你的名字？」健鴻笑着問我。

　　一九九〇年，香港政府公佈當年的移民人數為六萬二千人，創歷年的高峰。

　　書架前，我仍在翻閱永強的書，他說：「偶爾，在晚飯後，我會跑到英格利灣（English Bay）去，看日落，沐海風，聽太平洋拍岸的波濤。沙灘上疏落地橫放着光滑的大樹幹。找一根尚未被別人佔據的，以獨行俠的姿態，瀟灑地、毫不在乎地坐下來。遙望大洋連天處，直到夜色掩蓋了我一臉的失意和徬徨。」（頁二）二十多年歲月流移，往事依稀，恍如一夢。一縷笛聲，訴盡凡世的紅塵驚眼，帶一族辭根零落的炎黃子孫，蓬轉於太平洋的彼岸或此岸；且任風飆雲蕩，我們都是怕弦的小鳥，敝弱底靈心，已難顧遍地的啼痕！

　　而我深吸一口氣，堵塞胸間的氣息漸次鬆弛，騰湧的心潮也緩緩平復。我不是一個悲觀的人，悲觀，也不是中國人的性格。記得昨晚剛看到一個材料，在全世界各民族中，李景江先生收集了一百一十六篇有關洪水的神話。面對滔天之水，我們偉大的祖先並不是逃上「方舟」，等候上帝打救，而是頑強不屈，前仆後繼，和大自然展開絕不退縮的戰鬥。鯀以陻法治水，失敗被殺；但他的精魂卻化育了更頑強的生命——禹。禹疏導洪水，十三年來沐雨櫛風，三過家門而不入，以至「股無完

肢，脛不生毛」，「生偏枯之疾，步不相過」，如此公而忘私，才卒底於成。然後女媧以女性之縫裳妙手，煉石補天，整理漏水的蒼穹。於是「地平天成」，百姓得以安居樂業。中國的治水神話，是特別壯觀和富於奮鬥精神的。鯀、禹、女媧的血液，雖經千年萬載，仍然在我們的體內流淌，中華民族，可不會永遠畏縮逃跑！所以，我確信，當世易時移，此際寄身海外的一眾遊子，將化成無數堅毅的小精衛，銜微木以填滄海，在天地間鋪出一條康莊大道，通向繁盛昌大的祖國！

「我是一個加拿大人，但中國活在我心底。」（頁一三五）……

我輕輕合上《蜻蜓的複眼》，心下一片平和。

＊ 一九九〇年十月五、六日發表於《星島日報》星辰版。

一九六七至一九六八學年爵士樂隊
（相片提供：英華書院）

許冠傑同學在一九六七年聖誕音樂會獻唱
（相片提供：英華書院）

云誰之思？西方美人！

　　本文標題，出自《詩經‧邶風‧簡兮》。美人、玉人，均可男可女；唐‧杜牧云：「二十四橋明月夜，玉人何處教吹簫？」這個玉人，指的是韓綽，就是一名鬚眉男子。「西方美人」，指的是長存在我們同學心裏的艾禮士校長（Mr. Terence Ivor Iles, 1934-2013）。

　　我和母校結緣，始於一九六一年。那年，我升上中學，獲派旺角弼街英華書院。那時，我住在亞皆老街和廣東道的交界處，可以步行上課。我整個中一、中二都在弼街。一介街童，自不知校舍是否老舊，師資是否優良，只是和一班「志同道合」的同學盡情地享受精力瀰漫的日子，抗拒管束，喧嘩躁動。這個情況，中文沒有一個適合的形容詞，英文倒有，叫做 rumbustious。兩年後升上中三，學校遷往牛津道新校舍。我已經習慣了徒步往返學校，之後五年，每天清晨從亞皆老街出發，過上海街、彌敦道，在洗衣街匯合了從火車站走下來的新界學生，浩浩蕩蕩，一同走向太子道，然後散向四方八面。整個初中階段，我仍然是一個「視爾夢夢」、「氓之蚩蚩」的少年。我只記得這些，和中三時教我物理的老師，一位黝黑壯實的青年人，上課時把課本一放，便拿起粉筆，把黑板敲得「托托」響。一口滔滔不絕的英文，卻讓我這個英文蹩腳的學生聽得清

楚明白。由於他火熱的形象，我們叫他做 Bunsen burner。

一九六四年，升上中四。那一年，套用黃仁宇的話，是「無關輕重的一年」。後來我和我的同學才知道，那一年對我們非常重要，影響鉅大。一九六四年，三十歲的歷史老師 Mr. Iles 升任校長。那時教我班中文的是袁效良老師。他是一位個子高瘦的中年人，他的眼鏡片真像汽水樽的底部，所以要把課本捧到鼻端，才可以看見課文。他習慣一面誦讀課文，一面滿室遊走，突然停下來，便指住就近一名猶在夢中的同學冷靜地說：「你解！」袁老師還有一個特點：他不是朗讀課文，而是「吟誦」課文。我後來才知道，近代嶺南吟誦之學，始自陳澧（1810-1882），至陳洵（1871-1942）、朱庸齋（1920-1983）等，傳承有序。袁老師舊學必有根柢。那年冬天，袁老師不幸因眼疾去職，由「年甫花訊，恨作鬚眉」的陳耀南老師繼任教席。「年甫花訊」，是剛二十三歲；「恨作鬚眉」，則是陳老師戲言非女兒之身，畢業時搵工甚難也。之後我有幸跟隨陳老師三年有半，老老實實地學習中文。至於艾禮士校長，當時尚少交往，卻常因英文學習問題奉召往校長室接受「勸勉」，所以那時一瞄見這個「鬼佬」，便溜之大吉！

就這樣跟跟蹌蹌地攀上了中五。面對會考大關，人家全套美式裝備，我則是小米加步槍，難以言勝。那年我們的班主任是戴葆銓老師。他只有幾個月的時間來拯救我的英文。戴老師個子瘦小但實大聲宏，握着粉筆頭把黑板敲得驚天動地，大聲疾呼：「英文之生死，在 accuracy！」然後每課都把英文句子合成、拆散。就是如此，我這個在中二時還認不清二十六個英

文字母的呆蛋，竟然英文過關。艾禮士校長親自主持放榜及宣佈升讀中六名單。在說了幾個「XXX，disqualified」之後，他說「Tam Fook Kei」，然後頓了一頓，把我的心懸上了半天……「qualified」。

中六是極充實的一年。中四生仍嫩，中五、中七生準備公開考試，中六生便要肩負起大部分課外活動的工作，常常要面晤校長。這一年艾校長還親授大英聯邦史，介紹了帝國主義，十字架隨着軍旗而來（The Cross follows the flags）等課題，令人印象深刻。中七那年，艾校長怕我們在英文關前陣亡，於是親授英語課。他習慣印發補充教材，然後和我們一起聊天答問。其中有一篇短篇小說，我非常喜愛，把它翻譯改寫，投稿去了。後來才知道，這是詹姆斯‧喬伊斯名著《都柏林人》十五篇故事中的〈阿拉比〉，是成長小說（Bildungsroman）類別的典範之作。不經不覺間，艾校長給了我們一副盔甲，免為英文所傷！

艾校長給我們保護衣，班主任陳耀南老師給我們的卻是攻城的利器！陳老師對自己的學問極具信心，上課既無廢話，亦不浪費時間，講課完畢便測驗，題題搏鬥，冷熱無遺。陳老師講解深入，教材充實，所教直涵蓋中文大一課程。考完高級程度試，我們文科班同學英文最低要考獲D（香港大學文學院收生最低條件），其他科最低要有D、E；而中文一科當年全港三十一個A，我們獨取九個，並有相當的B和C。靠這個成績，我班很多同學考入了香港大學！

我大學畢業之後即投身教育工作，如陳老師一般，是中

文科教師、科主任、副校長；又如艾校長一般，做了十多年的中學校長。自幸親炙兩位賢師的薰陶，算是站在巨人的肩上前望，各種高明招數，如在囊中；豈知實行起來，卻渾不是那回事。例如在高考中文科考取全港三分一的 A，那可真是天方夜譚了。一九六一年上映了一張英國片子，尊‧米路士演神父，美男子狄‧保加第演歹徒。片末兩人死在一塊，完場前歹徒說了一句話：「The singer not the song。」（歌者是關鍵，不是那首歌。）成事在「人」，殿堂級數的表現，真是可學又不可學。

我常常思考艾禮士校長和陳耀南老師所以成功的理由。我感受到他們火熱的人格魅力，這種火熱源於他們的信仰。艾禮士校長信仰基督，而以他的方式來榮神益人。他的方式，就是隨着軍旗東來，步武英華書院創校諸賢，為中華青少年帶來西方文化中的美善品質。陳耀南老師近晚年時決志信主，但當年所信仰的並不是基督，而是中華國學和文化，並以一生來努力宣揚。陳老師於學無所不窺，於術亦無所不曉，舉凡語體文、古文、駢文、古典詩、對聯及書法等，無一不精，若早生百年，當為狀元之選。而回想當年的我們，淳樸機靈，亦非庸懶之輩；受到賢師的耳提面命，我們舉足登山，揚帆出海；三星互曜，於是和兩位賢師共同成就了如佛家所謂的好一段因緣。

一九六八年畢業離校，至今足五十年了。預科兩年所學，影響殊深而可為座右銘者，就是海明威在其小說《老人與海》中借老漁夫聖地牙哥說出的一句話：「人不是為失敗而生的。一個人可以被毀滅，但不能給打敗。」

一九七二年，艾禮士校長離任。如果艾校長做到六十歲，

帶領英華三十年，現在的英華將會是怎樣的狀況？可是歷史沒有「如果」。之後艾校長再沒有出任校長，這是香港教育的大損失。一九七三年，陳耀南老師也離任了，這是英華學生的大損失。此後母校的情況逐漸離開了我們這一輩同學的視線，日後種種傳說，要由身歷其境的同學描述了。

二〇一七年冬天，為慶祝母校佰年之慶出版特刊的校史組同學，發現《香港短篇小說百年精華》收入一九二四年英華學生譚劍卿的小說〈偉影〉，及鄧傑超的〈父親之賜〉，視之為美事，並要寫入校史，以證母校中文教育之成績，而垂詢及余。此書為劉以鬯主編，分上、下兩冊，近八百頁，香港三聯書店初版於二〇〇六年九月。在書局瀏覽時，因見其收入我刊於一九七八年的小說〈老金的巴士〉，於是欣然購藏。譚、鄧兩位前輩的作品，均見於《英華青年》季刊第一卷第一期（一九二四年七月一日）。《英華青年》為一九一四年英華書院復校後的學生報，由校內中華基督教青年會出版，現知見的《英華青年》共四期，出版年份為一九一九年、一九二四年、一九二六年及一九三〇年。見袁良駿《〈英華青年〉與香港新小說的萌芽——香港小說史第一章》，《香港文學》第一四六期，一九九七年二月一日，頁十八至二十四。

《香港短篇小說百年精華》是一九〇一年至二〇〇〇年間香港小說的選本，收入六十七名作者的短篇小說，每人一篇。《英華青年》是唯一被選的學生刊物，六十七名作者裏英華學生佔了三名，視之為美事，亦不為過。若要以之證明母校重視中文教育的成績，則就我所知，還有幾個名字值得記下：

　　許冠傑，香港一九七〇至二〇〇〇年粵語流行曲殿堂級人物，他親撰的歌詞情真意切，他中文的 A 級絕對貨真價實。

　　陸健鴻，一九七二年創辦香港長壽現代詩刊──《詩風》，他的《天機》是一九七〇年代香港重要的現代詩集。

　　陶永強，一九六八年移居加拿大。一九八八至二〇〇一年溫哥華《星島日報》專欄作家，一九九〇年出版散文集《蜻蜓的複眼：一個海外華人疏落的夢》。二〇〇〇年開始中、英詩互譯，二〇〇五年以中譯英詩獲台灣梁實秋翻譯文學獎。二〇〇七年出版《Ode to the Lotus：Selected Poems of Florence Chia-ying Yeh》（《獨陪明月看荷花：葉嘉瑩詩詞選譯》）。

　　梁國驊，他的十八萬字小說《尋找摩登伽》已經付印，在二〇一八年出版。

　　他們，都是一九六六至一九六八年陳耀南老師座下的學生。

＊ 二〇一七年，《皕載英華》（英華皕年校史）。

《英華青年》創刊號，英華書院基督教青年會發行，
一九一九年七月一日出版。
（相片提供：英華書院）

一九六四年艾禮士先生掌校
（相片提供：英華書院）

艾禮士校長（相片提供：英華書院）

艾禮士校長（相片提供：英華書院）

譚福基一生最感激的兩位人物：艾禮士校長與陳耀南副校長

第四章

牛津道上遇恩師

——陳耀南教授

導讀

黃秀蓮

　　這一章內容包括書信、七律、對聯，都是多情的學生寫給恩師的，最後一封信寫於學生辭世前四個月，快七十二歲了，依舊「長記兒時聞緒論，白頭不敢負師傳」。

　　「若得相逢是有緣」，師生有緣相逢於淳樸貧窮的六十年代，璞玉一樣的孩子，用仰慕的眼神來看他的陳耀南老師——「於學無所不窺，於術亦無所不曉，舉凡語體文、古文、駢文、古典詩、對聯及書法等，無一不精，若早生百年，當為狀元之選。」〈云誰之思？西方美人！〉（二〇一七年）。孩子早已自覺到能成為狀元的弟子，且是至愛的弟子，是一生極大的恩賜。

　　老師目光如炬，孩子是他一手一腳教出來的，他特別提起：「譚福基，文才極高。」（《平生道路九羊腸》，陳耀南著）一九六八年高考放榜，英華中文科大軍告捷，舉校歡騰，金榜題名的樂得飛上雲端。福基竟悄悄向老師透露：「家裏實在太窮，我不想讀大學了。」窮，這滋味老師也嘗得太多了，他和養母相依為命，先後住在渣甸街的木樓和堅拿道西的唐樓，環境湫溢，噪音不絕。窮，更要力

116

爭上游，讀大學這機會萬萬不能放棄。他約了福基晚飯，以一貫的熱情簇擁着孩子，還把自己手頭常用的《辭海》相贈，鼓勵他朝着高遠的理想進發。這過份體貼他人寧作犧牲的孩子，一經點化，立刻醒悟，挾着厚厚的《辭海》，走往港大荷花池畔的教學樓去。「大學堂的鐘聲悠長的響徹雲霄⋯⋯明德格物的旗幟就在風中飄揚⋯⋯許是大學生不易為，時間只能用來讀書造筆記補習賺銅鈿；⋯⋯。」（〈十一月〉，一九六九年）

倩誰青盼這孩子？誰來點燈引路？除了這中文老師兼生命導師外，更有何人？文學啓蒙了文學，生命感召了生命，雙重恩典，銘刻一生。福基遽然長逝，留下千行翰墨，萬般情義。牛津道上，偶爾風起，窸窸沙沙似是亦步亦趨的足音。英華校史外一則軼事，字字赤誠，手澤猶溫。有情天地，有幸相知，高山流水，永記師恩。

牛津道校舍門牌
（相片提供：英華書院）

牛津道校舍東面正門
（相片提供：英華書院）

八函書信致恩師

一

耀南老師道席又別經年時深懸念唯日讀信報恍復恭聆帷下得益實多一日讀星漢乘槎氣自華則憶近日閒讀韓愈至其符讀書城南云人之能為人由腹有詩書詩書勤乃有不勤腹空虛乃知此為腹句之出處而諸家失注可見國學之博大個人之有限也掩卷沈思吾師壯歲奠基之勤如在目前敬頌起居雍和家人安好

愚生

福基再拜

十月二十四日

耀南老師道席 又別經年 時深懸念 唯日讀信

報悅復 恭聆帳下得益實多 一日讀星溪來樣

氣自華 則憶近日間讀轉愈 至其將讀書城

南云人之能為人 由瞻有詩書 詩書勤乃有不

勤復空虛乃知 此為臨句之出處 而諫家失注

可見困學之博大 個人之有限也 接春沈思書師

批歲奠基之勤 如在目前 故頌起居寧和

家人安好

　　　　學生
　　　　福基再拜

十月二十四日

二

甲申夏得粲榮書，自君移多，垂十年矣。辛詞云：「憶平生，若
為情？試把靈槎，歸路問君平。」昔者同晉上庠，爾後粲榮為
官，春風得意；余則教習，謬以菲材，誠有孟子「一傅眾咻」之
歎也。及粲榮洞察宦場，棄官遠遁，獨嫌眼界之遲開；余則典
學粗安，唯齒髮豁落，乃知老之已至。有詩付粲榮並呈　陳師
正之

青衿歸路問靈槎　少壯能簪翰苑花
愧我辭繁傅赤子　羨君筆健著烏紗
棄官真覺遲開眼　典學微嫌老豁牙
塵網森森渾似夢　幾時騎犢訪煙霞

甲申（二○○四年）初夏　福基　謹拜

甲申夏得繁榮書，自君梓多，垂十年矣。

辛詞云：「憶平生，若爲情？」試把靈樞，歸
路問君平。昔者同晉上庠，爾後繁榮屬
官，春風得意；余則教習，譚以藥材，誠有
孟子「一傅眾咻」之歎也。及繁榮洞察官場，
棄官遠遁，獨媲眼界之通闊；余則專學

粗字唯盡鬢鬖落，方知老之已至。有詩付
繁榮吾星　陳師正之

青衿歸路問靈樞　方壯能醫翰苑花
愧我辭繁傳赤子　漸君筆健著烏紗
棄官真覺通開眼　專學徽媲老鬢牙
塵網森之澤似夢　幾時騎犢訪烟霞

甲申初夏

福慧　譯釋

三

耀南老師道鑒^{學生}於六月二十日有東北之旅訪旅順日俄舊獄瀋
陽九一八紀念館追思抗日之艱危至二十四日回港即連得李君及
吾師大函未及覆書於七月十一日奉教統局召帶領國情研習團第
一期百八十名香港學生赴京至二十一日回港方得追讀信報專欄
又於七月廿六日率東華學生三十餘名赴河南習少林拳棍八月二
日回港驛馬匆匆稍覺勞累前者得李君書感而得句不意李君賡和
三章　吾師又補一闋得詩凡五首文字因緣有如是者　吾師信聯
寄家國之思其層次又高一籌矣良師益友實慰平生

北京之行又得詩兩首
　　其一

艱難重振漢家聲
風送都門習國情
問道殷勤本碩學
論時慷慨動群英
廢園蘊淚心盟在　　全團青年在圓明園廢墟立誓服務社會貢獻
　　　　　　　　　祖國
細柳排兵壯氣盈　　走訪軍營觀士卒實彈演練其地在天津市郊
　　　　　　　　　武清區
天佑中華開大步　　偷自吾師深水猛龍開大步佳句
神州處處請長纓　　譚嗣同詩世間無物抵春愁合向滄溟一哭休
　　　　　　　　　四萬萬人齊下淚天涯何處是神州

其二

首蓿堆盤自有餘　明人有句云慚愧先生首蓿盤此言教習國家也
風塵尚不曳長裾
春霖潤物規賢傳　杜詩隨風潛入夜潤物細無聲
好木添泥老腐儒　自珍詩落紅不是無情物化作春泥更護花
負郭漫成無俗志　敝校座落市郊背靠一小山
枕山閒讀五車書
力微莫笑充佳駟　韓文公句歲老豈能充上駟力微當自慎前程
猶奮龍飛備策驅

洗雪百年國恥共謀振興中華誠所謂力薄而望高才疏而志大難免
貽笑大方睠睠微忱唯　吾師吾友正之諒之臨風想懷能不依依
敬祈珍攝　並請
闔家安好

　　　　　　　　　　　　　　　　　　　　福基謹拜
　　　　　　　　　　　　　　　　　　　　〇四年八月

一

攜南來所道。鑒 學生於六月二十日有東北之旅話

諒順目俄舊獄諸陽九一八紀念館追思抗日之艱

迄至二十四日回港即連得李君又 吾師大函

李友霞書於七月十一日奉教流高召帶領國情

研習團爲一期百八十名香港學生赴京至

廿一日回港 方得追讀信報專欄又於七月廿六

日率東華學生三十餘名赴 河南習少林

畢擬 八月二日回港驊馬句、稍覽莘紫

二

前者得李君書戲石得句不意李君廣

和之章吾師又補一闋（得詩凡五首文八字）

因緣有如是者　吾師聯吟宗國之思其

屬治又高一籌矣　良師益友以尉平生

北京之行又得詩兩首其一

艱難重振漢宗聲　風送都門習閩情

閩道殷勤本碩學　論時慷慨動群英

廣園蘊涵心盟在　金園青年在圓明園廢墟　立誓服務社會貢獻祖國

三

細柳挑兵壯雪盈　走訪單營觀士庠　某年
演練其地在天津市郊武清區

王佐中華開大步　偷目吾師洋小孩龍關大步
佳句

神州處之請長纓　譯劇同詩世間無物抵書惡
念白濬具一架體四萬之人齊下
浪天涯何處是神州

其二

首菁堆盤自有餘　明人有句云慚愧先生首
菁蟹些許教習圃窗也

風塵高不曳長裾

春宵瀾珊規賢傳　杜詩隨風潛入夜瀾珊
真聲

四

如木深泥老儒儒　自珍持笏江不是無情物
負郭漫成無俗志　散枝落落市却背兼一小山
枕山閒讀五軍書
力微某器亮佳馳　韓文公句歲老豈能克上馳　力微當自慎前程
猶奮龍飛備策馬區
洗雪百年圖恥共課振興中華誠所謂
力薄而望高才疏而志大難免貽笑

五

大方瞻　微枕唯　吾師吾友足之諒之
臨凡想懷能不依之敬祈珍攝並請
闔家安好
　　　　　福生謹拜
寒四月　八月

四

耀南老師道席：

春節匆匆又過，假中偶讀吳偉業〈梅村〉詩云：「不好詣人貪客過，慣遲作答愛書來。」大樂。吾人俱喜有朋自遠方來而懶於登門造訪，俱愛接遠方書而疏於回信。按吳句又源自范成大〈喜收知舊書，復畏答，二絕〉，是人性皆如此也。假中會晤親朋，每多言及先生誇譽愚生，既慚愧無已，復喜「晨光清景」欄之收視率其實甚高。先生引耀焜先生云「或作國家棟樑，補天浴日」，補天之典屬常識而浴日則甚可一談。《山海經》有浴日、浴月之説，近人疑為祭日、月之儀式一類，蓋肉眼亦可見日、月有黑點，須加洗浴，方可再得光明也。

《山海經・大荒經》云：「有女子方浴月，帝俊妻常羲生月十有二，此始浴之。」或謂常羲族為一拜月的女圖騰氏族，其族始分一年為十二個月。

《山海經・海外經》云：「湯谷上有扶桑，十日所浴，在黑齒北。居水中，有大木，九日居下枝，一日居上枝。」《大荒經》又云：「東南海之外，甘水之間，有羲和之國，有女子名曰羲和，方日浴于甘淵。羲和者，帝俊之妻，生十日。」日何以須浴？

此古人見日落西山，黑夜降臨，以為日須洗浴，平旦復現東方，重發光明。如何理解天有十日？按常羲生月十有二之線索，愚甚疑古人一日分為十個時辰。《左傳・昭公五年》魯國卜楚丘云：「《明夷》日也。日之數十，故有十時，亦當十位。」然則又如何理解「九日居下枝，一日居上枝」？愚又疑上古之時，

是否白天有九時分而黑夜只有一時分？趙翼考訂「一日十二時始於漢」，十二時與地支相結合，則始於王莽時。漢之前一日如何分時，實大有想像餘地。總而言之，中華文化博大精深，可惜國家百年多難，此際老成凋謝，乃有黃鐘瓦釜之歎，思之可傷。國家棟樑，須有「補天浴日」之志，能人之所不能，耀焜先生磨厲青年，其殷切之情如見也。乙酉之年，市人多言其序屬雞，卜問休咎，而不知上一乙酉為日本投降之年也。有某校學生出版交集，索小文於予，因略引寅恪先生詩作而慨言之，其文亦敬呈　先生左右正之。

臨風懷想，期多珍重，並問

府上安好。

愚生　福基　謹拜

〇五年三月一日

8

耀南老師道席：春節匆匆又過，假中偶讀吳偉業〈梅村〉詩云：「不好詣人貪客過，慣遲作答愛書來。」大樂。吾人俱喜有朋自遠方來而懶於登門造訪，俱羨接遠方書而疏於回信。按吳句又源自范成大〈喜收知舊書，復畏答，二絕〉，是人性皆如此也。假中會晤親朋，每多言及先生誇讚學生，既慚愧無已，復喜「晨光清景」欄之收視率甚高甚高。先生引燿焜先生云「或作國家棟樑，補天浴日」，補天之典屬常識而浴日則甚可一談。《山海經》有浴日、浴月之說，近人疑為祭日、月之儀式一類，蓋遠眼所見日、月有黑點，須加洗浴，方可再得光明也。

《山海經·大荒經》云：「有女子方浴月，帝俊妻常羲生月十有二，此始浴之。」或謂常羲族為一拜月的女圖騰民族，其族始分一年為十二個月。

《山海經·海外經》云：「湯谷上有扶桑，十日所浴，在黑齒北。居水中，有大木，九日居下枝，一日居上枝。」《大荒經》又云：「東南海之外，甘水之間，有羲和之國，有女子名曰羲和，方日浴于甘淵。羲和者，帝俊之妻，生十日。」日何以須浴？

9

此古人見日落西山，黑夜降臨，以為日須洗浴，
平旦復現東方，重發光明。如何理解天有十日？
按帝羲生月十有二之線索，愚甚疑古人一日分為十
個時辰。《左傳・昭公五年》魯國卜楚丘云：「《明夷》，
日也。日之數十，故有十時，亦當十位。」然則又如
何理解「九日居下枝，一日居上枝」？愚又疑上古之
時，是否白天有九時分而黑夜只有一時分？趙翼考
訂「一日十二時始於漢」，十二時與地支相結合，則
始于王莽時。漢之前一日如何分時，實大有想像
餘地。總而言之，中華文化博大精深，可惜國家
百年多難，此際者戒凋謝，乃有黃鐘瓦釜之歎，
思之可傷。國家棟樑，須有「補天浴日」之志，
能人之所不能，燈焜先生磨勵青年，其殷切之情
如見也。乙酉之年，市人多言其序屬雞，卜問休咎，
而不知上一乙酉為日本投降之年也。。有某校學生
出版文集，索小文於予，因略引熹楠先生詩作
而慨言之，其文亦敬呈　先生左右正之。
臨風懷想，期于珍重，並問
府上安好

愚生　福臺謹拜
〇五年三月一日

五

耀南老師道席別後得電話留言再聆教益老師体健聲宏欣甚今年
老師七十榮壽年初啟昌錦松等兄發起祝祜如響斯應弟子風從乃
有三月五日之盛會也春節前錦松兄徵求祝辭乃以

　　耀德英華十載幸從高士駕
　　南榮草木七旬猶放傲霜花

應之幸蒙籌委會採納以助壽焉不勝榮幸矣三月六日方閱粲榮電
郵倩予代呈祝聯唯以失諸交臂故囑其通郵焉愚生於去年八月退
休不覺教習三十九年矣六月時諸校長同時設惜別宴曾有詩記之
曰

　　鄉遊可杖捲蒲鞭　　短帽輕衫上別筵
　　紫蠏斑魚鮮出海　　清蔬甘果味由天
　　已收老友隆情禮　　又費諸君買酒錢
　　多謝故人凭誰與　　醺然聳盡作詩肩

今年為東華三院一百四十周年院慶東華諸公請某名家為撰賀聯
其中有百四十年及扣定宇二字（因本屆主席為梁定宇先生）該聯
不為諸公所喜於是請另一家更撰又不喜終問津於予乃撰曰

　　東島即慈航百四十年多歷艱屯猶幸策定箕籌
　　視履考祥代有高明隆偉業
　　醫扶安教更推保育協天和
　　華夏今盛世億千萬眾同霑廣運且看仁乎區宇

此誠如老師所教對聯宜有氣派也荷蒙不棄此聯由書法名家書之
並懸於東院大禮堂上歲月匆匆每思昔日少年時從老師學義山詩
今日能略知平仄對仗俱由此始老師當年提攜督導之德常在心間
也又憶老師每年十一月間回港任朗誦節評判今年行程若何冀便
中示知諸弟子當潔樽佇候謀一良敘也敬頌

德安

　　　　　　　　　　　　　　　　愚生

　　　　　　　　　　　　　　　　　福基頓首

　　　　　　　　　　　　　　　　　一一年三月二十日

耀南老師道席 別後得電話省言再聆教
益老師住健聲宏朗甚 今年老師七十榮
壽年初啟昌錦柱等兄弟起鬨祝如響斯應
弟子風從九有三日五日之盛會也 春節前錦
柱兄徵求祝辭力以
耀德英華十載幸從高士駕
南榮革末 七句獨效傲霜花
庶之幸慶耳 冀令擇納以助壽焉 不勝榮

壽翁三月六日方閱案榮電郵倩予代祝聯
唯以失諸交臂故囑甚通郵焉 昌生於去年
八月退休不覺叔翌三九年矣 六時諫較長
同事設惜別宴曾有詩記之曰
鄉遊可杖搆蒲鞭 短帽輕衫上別遊
縈蠍斑魚鮮去海 清蔬甘果味由天
已收老友隆情禮 又費諸君買酒錢
多謝故人憑誰與 醺然筆盡作謌肩

今年為東華三院一百四十周年院慶東華諸

公請某名家為撰賀聯其中有百四十年及扣

守字二字（因本屆主席為梁生宇先生）該聯

不為諸公所喜於是又倩另一名家更撰又不喜

終問津於太撰曰

東局即慈航百四十年多歷艱辛猶幸棠定箕等

現履考祥代有高明隆偉業

醫扶安教更推保育協天和

華夏今咸世傑千萬眾同濟廣道且看仁孚醫宇

此試如老師所教對聯宜有氣派也荷蒙不棄

此聯由書法名家書之並懸於東陽大禮堂上

歲月匆匆每思昔日少年時從老師學義山詩

今日略知平仄對仗偶由此始老師當年授

楫督導之德常在心間也又憶老師每年十一月

閣回港任朗誦評判今年行程若何冀便中

示知諸弟子當聚樽侍候課一良敘也敬頌

德安

　　　　　　　　愚生　福基頓首

　　　　　　　　二〇二三月二十日

六

耀南吾師道席仲春一別忽已經年敬頌數言藉通節候也日前游書
坊見吾師大作中國文化對談錄一版已作第十三刷學子人手一冊
可謂嘉惠士林矣日中無事多以讀書為樂猶奉讀福音對聯時加研
鑽揣摩老師作聯心法前已奉告為東華三院作聯今屆主席張佐華
先生又命予繼作乃應之曰

　　張大德以庇群生其發政施仁不憚夕寐宵興
　　計日程功恢民時佐
　　重熙累洽宏我東華
　　履芳跡而趨雅步乃同條共貫總期槁蘇暍醒

停雲落月所思在遠吾友粲榮時有清詞見寄小雪前覆詩一首云

　　幾生修得枕書眠　夢到瑯嬛別有天
　　自有玉顏寬歲月　懶營金屋惜華年
　　或拈綵筆思蘭譜　即倩朝雲送日邊
　　好客又來開戰局　喧嗔笑語話歸田

末句乃襲用吾師牛津道上詩意也
臨風懷想斯人在遠敬祈
起居迪吉福體安康
惟慚於一紙蕪言幸垂清盼珍重珍重

　　　　　　　　辛卯（二〇一一年）聖誕前　福基　頓首

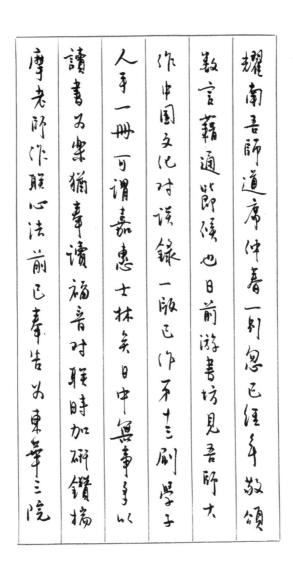

耀南吾師道席仲春一別忽已經年敬領

教言藉通節候也日前遊書坊見吾師大

作中國文化對談錄一版已作不三刷學子

人手一冊可謂嘉惠士林矣日中無事每以

讀書為樂獨事讀福音對聯時加研鑽摘

摩老師作聯心法前已奉告於東華三院

作聯今屆主席張佐華先生又命予續作

乃應之曰

張大德以庇群生甚發政施仁不憚勞寐宵興

計日程功快民時佐

重熙累洽我東華

履芳迹而趨雅步五同儕共貴總期橋蘇曉醒

侍雲皆月所思在遠　音友窣茶　時有清詞見

寄小雲前霞詩一首云

幾生修得枕書眠　夢到瑯嬛別有天

自有玉顏寬歲月　懶營金屋惜華年

戎拈繡筆思蘭譜　即倩朝雲送日邊

好客又來同戲局　喧嗔笑語話辭囤

末句乃襲用吾師牛津道上詩意也

臨風想懷斯人在遠蘇祈

起居迪吉福体安康

愧慚於一紙蕪言幸垂清盼珍重珍重

辛卯墨課前

福基頓首

七

武漢式沙士入侵時運若此敬祈

先生珍重今日覆診完畢藥囊又實每日啖丸六顆已有數年真乃藥
裹關心詩總廢也然而花枝照眼句還成日前風日晴美乃上太平山
上環島一周歸而有句曰

> 百凶方致一詩人　難得冬時萬物春
> 墜素翻紅秋色遠　霜枝露葉日晴新
> 繞山蜿徑穿濃翠　環島湍流罨淡垠
> 側望長空沉寂處　登臨天海莫沾巾

側望南天常有春樹暮雲之思長盼
先生安好

己亥（二〇一九年）臘月十五

福基頓首

武漢武沙士入侵時道若此故祈

先生珍重今日寄許完畢药囊又實

每日啖丸六顆已有效矣真为药裹關心

诗總廢也然而花枝照眼的還成日前風

日晴美乃上太平山上環島一周而有

句曰

百凶方致一詩人　難得冬時萬物春

隆素翔紅色遠　霜枝露華日晴新

繞山蜿蜒穿濃翠　環島滔流毫渓塵

側望長空沉寂處　登臨天海莫沾巾

側望南天尚有春　樹書雲之思長盼

先生安好　己亥腊月十五　福基頓首

八

耀南老師道席時際歲末渴企方深而尊書忽逮遙想吾師起居安適
快何如之巧聯萃賞捧讀再三師之文如行雲流水可謂悅讀焉庚子
年為東華三院創立百五十年重修文物館倩余為對聯一幅懸之門
前愚生應之曰

　　玉潤瀾清懷保斯民天樂人和登杏圃
　　家聲門緒聿脩厥德羹牆文物赴蘭臺

主事者稱善焉復思亦吾師當年之教誨有方也回首故人渺在雲外
恭惟老師臺壽以綏福祉而候天和

二千廿一年元旦日　　^愚福基頓首

攜蘭赴師道虔時際歲末渴念吾濟石章書

鑾運進想吾師起居安適怡何和之巧朓華賈

捧讀吾師之文知行雲流水可謂悅讀焉

庚子年吾華三院創立百五十年童修文物館

倩余為對聯一幅懸之門前愚生虔之曰

玉潤淵清懷保斯民天宗人和登杏圃

家聲門緒專修厥德業精文物赴蘭臺

主事者將攀為後思吾師青年之教誨有方也

回首故人翔在雲外崇悅老師臺壽以待福祉

而後天和二千廿一年元旦日 愚福星頓首

七律兩首

敬題耀南座師

從來世路難輕進　控地榆枋任一吹

繡虎敢忘聲切切　雕龍羞奈步遲遲

平生俯仰終無愧　風義承傳幸有師

莫笑先生誇老弟　白頭傾蓋已殘棋

（寫作日期待考）

聽陳耀南老師講課

跳魚一聚晚涼天

新舊門人共席邊

耀德英華才十載

南榮草木又多年

讀書辨明假大空

遯世精調薄小穿

長記兒時聞緒論

白頭不敢負師傳

二〇一九年六月十六日

對聯兩聯

耀德英華十載幸從高士駕

南榮草木七旬猶放傲霜花

　　　　　　——賀陳耀南教授七十大壽（二〇一一年）

耀德英華才十載

南榮草木又多年

　　　　　　——賀陳耀南教授七十五大壽（二〇一六年）

第五章

五十七載師生情

導讀

黃秀蓮

　　一九六四年，師生相逢於牛津道上。學生十五歲，圓圓的臉，眯眯的笑，五陵少年才氣初露。老師也不過二十三歲，崇基中文系狀元，代表應屆畢業生於崇基那既莊嚴又高雅的禮拜堂致辭，可是系主任寧願聘用另位極盡慇懃之能事者為助教。博學深思，篤志教育的人才，任教英華五年，艾校長慧眼識人，拔擢為副校長。

　　命運如一局棋，那棋子，剛巧落在這一點，那一子是「帥」呢，大將之才，周圍形勢給牽動起來了……「早禱完結，我們急步走向課室，因為知道班主任陳耀南老師多數已在坐等我們回來開講。陳老師博聞強識，妙語如珠，講者舉重若輕，聽者亦怡然忘倦；在他的指導下，我們對中文和中史抱有極大信心，但其他科目便不敢恭維了。」（〈牛津道上的孩子們〉，一九九〇年）。學生十七歲了，考完會考，回校走走，「『喂，給我做點事情，可以嗎？』『哈，甚麼不可以？』我衷心地說。『抄抄書罷了。』陳老師那一手好字跳進了眼簾。」（〈英華男校〉，一九六六年）看似尋常，其實學生不假思索的回答已是深情脈脈。學生

150

二十歲，港大學生了，正值英華一百五十周年校慶，陳老師台上演説：「如果我們不能振我大漢之聲，便給人家壓了下去⋯⋯我們極需要一批對國學有深厚認識的年青人，將祖國的文化傳給我們的後人。」（〈十一月〉，一九六九年）老師的志氣抱負與傲骨棱角，已入木三分地鑿入學生心坎裏。

學生長大後，書卷氣見於談吐，傲氣隱約乎眉間，對中文教育的承擔終生不忘。

二〇二一年四月十三日，老師甫過八十歲，在悉尼療養院裏休養。他的幼女已獲知福基死訊，但念到父親的健康狀況，不忍相告，想暫且隱瞞。終於英華學生報來噩耗，「旱天雷」直打他頭上！師生之情，細水長流，五十七年了，遠遠的，從回憶的上游⋯⋯學生十五歲，圓圓的臉，瞇瞇的笑，五陵少年才氣初露⋯⋯牛津道的樹影、師生齊全的大合照、考卷的精準、字跡的秀潤⋯⋯。這學生，比他小八歲；這學生，是他五十七年來最器重最愛惜的。能為這學生做甚麼呢？他抓起手提電話，一通又一通撥了好多長途電話，為學生報喪。

夕陽殘照着消瘦的身影，傷感的聲調隔着三小時的時差傳來。他勉力提筆寫了高懸於靈堂的「才德懋昭」四字，又寫了近三千字的悼文。琢磨了多月後，才把〈念福基〉這首七律書在箋上——「陳老師那一手好字跳進了眼簾」。深情不改，文思不減，且依然是一手好字，只是筆勢不復牛津道上那股勇不可擋的勁度了。

　　牛津道上英華書院教室裏，黑板上洋洋灑灑的板書，筆力遒勁，從經入史，由文到哲……學生仰起頭來，趕緊抄錄……「『哈，甚麼不可以？』我衷心地說。」

　　「我微一側頭，是年青的陳老師」。

　　「陳老師那一手好字跳進了眼簾」。

陳耀南乃崇基中文系狀元，
代表應屆畢業生於崇基禮拜堂致辭。
（攝於一九六二年）

惜善緣、惜福基

陳耀南

　　內因外緣、趨吉避凶，是一般人的常識與作為，並非某種特殊信仰的專有智慧。總之，成住有時，壞空有時，飛潛動植，都「年壽有時而盡」，將相帝王，也「榮辱止乎其身」。真、善、美的感覺、意念，或者代代承傳；珍迹、名品，也總有一天敗沒！我們只好珍惜目前、珍惜記憶。

　　四月十三日星期二黃昏，我在悉尼一所小醫院，收到英華舊侶翁光明旱天雷般的消息。並且立即電唁譚宅。跟着幾天，陸續看到王兆生、梅中元、胡燕青、黃秀蓮、梁國驊……諸君的短訊電郵，也讀到了鄒志誠君深情的告語。自己聽來最惋傷的是福基遺願：疫情一過，就舉家南來，探訪我這個甫過八十的老者！！！

　　「才德懋昭」——承蒙囑託，非常匆忙而又十分敬慎想出的四個靈前大字。也已七十二歲的他，文學造詣、行政管理、待人接物，這由衷的讚譽，福基是堪當有餘了！

　　二十四日離開療養院，回家即覓那篇藏之已歷多年的福基舊文。一時未得，即電福基夫人求助，於是剪報與原稿重見：一九九〇年十月五、六日《星島日報》文藝版〈牛津道上的孩子

們〉筆名「李戈」的福基，當時應已港大文學院畢業了。

九龍塘牛津道南端，一個小球場鄰接着七所中學。政府、津助、私立、天主教、基督教、非宗教；女校、男校、男女校——所所不同，實在是香港中學類型的博覽會。最古典優雅而寬敞的是瑪利諾修院女校。千多名十二到十九歲精壯少年的英華男校，卻只有四座籃球架。曾經坐過日軍三載苦獄的英華校長紐寶璐先生，聘用我們為「文憑教師」——因為未有港大學位——在中三及以下授課。時維一九六二，秋初。

同年（一九六三），福基一班剛從旺角弼街北遷而來，家住北九龍的，許多沿着橫貫北九龍的太子道，常常繞過教堂聖像座下，入界限街而進牛津道，一路上呼朋喚友，迎接朝陽，也迎接升學、就業的種種夢想。

翌年開學不久，福基中四了，中文科深近視的袁老師視網膜脫落，離職休養，年青的艾禮士校長認為我可以攝代，於是不次拔擢。我和福基一級文理兩班同學的「緣份」，於是開始。

福基當年路上的同學、同班、同文陸健鴻、梁國驊、陶永強，以及後來升入預科的新知、長髮飛揚、歌聲飄逸的許冠傑，話題不免也會涉及出洋留學、中西文化等等吧？〈牛津道上〉一文，就從書店所見、失聯多載的陶君《蜻蜓的複眼》一書講起。於是，自然就提到海外香港華人的處境與心境，以及當年從英年駿發的洋校長和我這位班主任、副校長兼中文中史教師所能聽到的種種意見。這許多位當年牛津道上的大孩子，如今的故友，此刻，相信也一定為福基而惋悼、歎息、祈禱！

發表〈牛津道上〉一文之時，福基在港大文學院業已畢業；

文中的作者，「檢着才到手的」英華創校一百五十周年特刊的《風雨菁英文錄》，背景設定卻是多年之前，福基一班與我畢生難忘的、苦學奮鬥的日子。拙撰序文說：

序

　　風雨菁英文錄者，今歲中六文組畢業諸君之作也；選輯於此，以為校慶壽焉。

　　余以菲材，承乏諸君中文教席，瞬又三年，悉為級任，亦經二載；風雨晦明，弦歌一室，其間從游之樂，有非楮墨所能形容者。今也春波春草，驪唱隱聞；回首前塵，能勿依依！雖曰年齒既近，相稔不難；而若此因緣，亦得之非易矣。且乎荏苒數載，諸君所造日高，胸次日弘，余則故我依然，曾無寸進，雖分屬師弟，而起予者多矣！

　　戊申之春，諸君將應場屋；乃命七題，使各為文集，冠以自序，與乎知友序言，而自名其集焉；蓋不惟練習，亦以留鴻爪也。於是琳瑯滿目，斐然可觀：其語摯，其情真，其心苦，其志切；此地此時之學子心聲，於以見矣。後生可畏，誓如積薪，不其然歟！

　　今使自選警言，依題編集，尤其佳者，則錄全篇。陳全生君閒適集引古人聯語云：

　　「風聲、雨聲、讀書聲，聲聲到耳；

　　家事、國事、天下事，事事關心！」

> 今者飄風終朝，陰雨未歇，諸君將為不已之鳴乎？又憶崇基學院校歌有云：
>
> 「濟濟菁英，天降大任，至善勉同赴。」
>
> 因顏此文錄曰「風雨菁英」，並綴數言，誌其緣起。
>
> 一九六八年三月序於香港英華書院

所謂「七題」，是：

1. 一人獸對
2. 中文與英文
3. 港九佳山水記
4. 預科畢業之回顧與前瞻
5. 香港教育面面觀
6. 論小說
7. 自序與序友人集

各同學自製集名，多為自序，亦有應邀序人者：

譚福基：清溪集

伍漢明：茫然集（譚福基序，又自序）

許冠傑：蓮花集

歐陽達年：匆匆集

黃景安：奈何集

區偉全：心鏡集

王兆生：兆雯集

朱覺壯：嘗試集

羅裕燊：進修集

陳啓猷：沐目集

區汝標：英華集

歐中民：本末集

彭建威：晨曦集

陸健鴻：塗鴉集

梁國驊：文莊集

陳全生：閑適集（陸健鴻序）

陶永強：陶然集

鄧惠忠：百衲集（余賜平序）

後記

　　校稿之際諸君已掇巍科；其在國文一門，應考廿人，而優異者九，良好者四，誠可賀矣。然學以美身，非為禽犢；考試成績，亦不過孟子所謂人爵而已。倘能毋蘄速成，毋誘勢利，養根加膏，則他日之成，尤遠逾於此也。諸君將晉上庠，或赴美加，爰綴數言，以為諸君贈焉。

一九六八年秋九月

五十三年了！有幾位同學已經不在，福基一班同學們原來的文章，多更無法覓見。不過，就校刊所存的一鱗半爪，就我幾十年來忝為作文教師的一貫守則——多批註、共鳴，不濫刪削、謹慎修改——福基和梁君國驊等固然早已文白俱宜，雛鳳聲清，後來一鳴驚人的許冠傑君胸襟、識見文學表現，也足證高考優異，絕非倖得！待後說。

兩年前英華皕（兩「百」合成一字，音「碧」）載校慶特刊一巨冊，福基特撰《云誰之思？西方美人》一篇（頁四二〇至四二六）憶述當年艾禮士校長「怕我們在英文（Use of English）關前陣亡（一切無從談起），於是幾乎日日留堂，親授英語和大英聯邦史」，「給了我們一副盔甲」，「班主任陳老師給我們的，卻是攻城的利器」，「講課完便測驗，題題搏鬥，冷熱無遺」，結果「中文一科當年全港三十一個A，我們獨取九個，並有相當的B和C，於是許多同學考入了港大！」

福基所述，字字真確，過份謙虛，就反為是不公道的虛偽了！以後幾年，中文科成績都相差不遠，就是明證。

「不因果報勤修德，豈為功名始讀書」——好！層次高、境界好、有抱負！不過，考檢、試驗之類，既然實際上難以苟免，何如借此而查察改進，精益求精呢？我們一貫主張全面切實努力，反對行險僥倖，就是這個緣故。

港大畢業，福基就投身社會文教，在東華三院李潤田、吳祥川等紀念中學，由中文教師、科主任、副校長而做了十多年的校長，並且協助處理了許多高級專門的文字工作。課餘更與文友創辦發展了《詩風》、《詩雙月刊》、《詩網絡》等文學團體，

撰有《水仙操》等小説評論，近刊《蝴蝶一生花裏——八百年前姜夔情詞探隱》，多有創獲，發前人所未發。所憾天不假年，可惜之至！眾口交譽的，是他和易近人，謙誠寬厚，而又澄明盡責，謹於任事。修身齊家，妻賢女孝，小孫聰慧，令人敬而且羨！

　　福基高中與預科那幾年，耀南忝居教席，實在感幸而慚愧！「弟子不必不如師，師不必賢於弟子，聞道有先後，術業有專攻」，退之夫子的話最好。當然還可以加上「才性」、「機緣」等因素。《論語》所記孔門師生之樂，令人神馳！孟子所謂「得天下英才而教育之」的喜樂，早就是曾居其職如在下者的最大安慰了。願福基君主懷安息、一路走好！

二○二一年四月廿七日

英華高六文組一九六八年畢業照
（後排右二是譚福基，前排正中是陳耀南副校長、艾禮士校長）

二○一八年英華書院二百周年校慶慶典，師生緣聚於斯。
（左起：譚福基校長、陳耀南教授、翁永森牙醫）

念福基（代序）

日月長懷腑肺摧　修文乍聽憶轟雷
青衿永記英華日　白石新研磊落才
繡虎風儀嗟久隔　雕龍雲翰慶常來
同時憾不同荷沼　三院菁莪看別培

二〇二一年歲暮

陳耀南　於雪市蓮田

念福基（代序）

日月長懷腑肺摧　修父乍眺憶轟雷

青衿永記英華日　白石新研磊磊才

舖虎風儀嘯久濁　雕龍雲翰慶芸來

同時職不同青沼　三院菁莪看別培

二零二一年歲春　　陳拔南於雪市蓮田

用箋

163

鳴謝

相片提供：

英華書院、英華書院校友會文物檔案組

陳耀南教授

香港中文大學圖書館

特此致謝

策　　劃：黃秀蓮、譚福基遺作編委會

責任編輯：羅國洪

封面設計：張錦良

題　　字：鄒志誠

插　　畫：梁國驊

牛津道上的孩子

作　　者：譚福基

編　　者：黃秀蓮

出　　版：匯智出版有限公司

　　　　　香港九龍尖沙咀赫德道2A首邦行8樓803室

　　　　　電話：2390 0605　　傳真：2142 3161

　　　　　網址：http://www.ip.com.hk

發　　行：聯合新零售（香港）有限公司

　　　　　香港新界荃灣德士古道 220-248 號荃灣工業中心 16 樓

　　　　　電話：2150 2100　　傳真：2407 3062

印　　刷：陽光 (彩美) 印刷有限公司

版　　次：2022 年 7 月初版

國際書號：978-988-76155-6-9